女オンチ。

祥伝社黄金文庫

女なのに女の掟《ルール》がわからない

深澤真紀

本書は、日経ウーマンオンラインに連載されていた「深澤真紀の女オンチ人生」（２０１３年６月〜２０１４年１月）に、加筆・修正のうえ文庫化したものです。なお、ｐ239〜の対談原稿の前半は日経ウーマンオンラインで「深澤真紀と古市憲寿の社会オンチの世渡り論」（２０１５年12月〜２０１６年１月）として掲載されたものです。

はじめに
深澤真紀48歳、「女オンチ」

「女オンチ」である。

「女オンチ」とは、女子力だの美魔女などと「女を楽しむ」このご時世に、「女を生きる」ことに対してまったく適性のない私が、自分のために作った言葉だ。

私は「草食男子」や「肉食女子」の名付け親なので、男子や女子の専門家のように思われているが、まったく違う。

女のことも、男のことも、まったくわかってはいない。わからないからこそ、一生懸命考えているだけである。

最近では「こじらせ女子」(女らしくふるまうことに抵抗を覚えてしまう女子)

とか、「もてない系」（もてないわけではないが、もてるためにふるまえない女子）とか、「干物女」（女らしさを捨てている女子）など、「女の本流」から外れている女が注目されるようになっている。

しかし、私自身はそれとも違うと思う。彼女たちが抵抗感とコンプレックスを抱く対象である「女らしさ」というものを、そもそもよくわかっていないからだ。

かといって、「女ってねちねちしてて理解できないよね～、私は男みたいにサバサバしてるからさ～」と思っているわけでもない。ぜんぜんサバサバしていないし、ねちねちしているし、いろいろとガサツである（ただし、ねちねちしてる人やサバサバしてる人は、男にも女にもいるので、性別の問題ではなく、性格の問題だと思う）。

そして、女嫌いというわけでもなく、女っておもしろいと思っている「女マニア」でもある。

さらに、「女オンチの私って、やっぱり変わり者ね」と思っているわけでもない。女のルールやオキテがわからずに苦労しているから、直せるものなら直したいとも思っているのだ。

なんとか女たちと合わせようとして、大声で歌うのだけれど、音程が違いすぎて、『ドラえもん』でよく見る〝ジャイアンのリサイタル〟になってしまうのである。

しかも最近の日本の「女らしさ」は、ますます高度で複雑になっている。

バブル期以前の80年代はじめまでは、今ほど女子力とか女らしさというのは重視されていなかった。なぜなら女はさっさと結婚して子供を作り、30歳くらいにはもう母であり、40歳なら立派なおばさんだったからだ。

それが今では40歳どころか、50歳や60歳であっても、おばさんよりも女であることが当たり前になってしまった。

「女が母親やおばさんにしかなれない時代」よりは、今の方がずっとよいと思うのだが、女オンチにとってはなかなか厳しい時代でもある。

そんなわけで48歳にして、ますます女オンチに磨きがかかってしまっているのだ……。

目次

はじめに　深澤真紀48歳、「女オンチ」……3

part 1 女オンチのイベント事情……15

誕生日事情……16
プレゼントオンチ…16
誕生日を覚える気がない…19
夫の誕生日…20
Facebookが面倒くさい…22

結婚式オンチ……25
「結婚イベント」の作法…25
ご祝儀が高すぎる…27

魔女の成人式……31
アトピーと不器用…31
就活の条件「メイク不要&制服なし」…33
メイクをしたら食事ができない…36
魔女の成人式…37

part 2

女オンチのおしゃれ事情

プレゼントオンチの憂うつ……40
花をもらってイヤな女はいない？……40
誕生日に椅子をプレゼント……42
楽屋見舞いの正解は？……45

女オンチのおしゃれ事情……49

メイクオンチ……50
基礎化粧の順番が覚えられない……53
日焼け止め……55

機嫌のよいおじさんになろう……59
自分の会社の設立パーティ……59
まさかの草食男子ブーム……60
「お粉でメイク直し」？……62
流行語大賞の授賞式……63

コメンテーターとメイク……67
コメンテーター……67

恐怖のビューラー…69
アイメイクが移る？…71
ファンデーションがつく！…75

私がかつらをつける理由……77

それは三角形脱毛症から始まった…78
ハゲ増殖！…79
女オンチ、頭を丸める…80
半分だけかつら、に落ち着く…82

女オンチとブラ……86

ブラもストッキングも無理!!…87
デカパンとハイソックス…89

足のサイズは25センチ……92

修学旅行とバッシュとボス女子…93
ハワイで見つけた靴…95
25センチの呪い…97

通販でXLファッション……99

DCブランドブーム…100

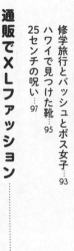

part 3

女オンチと女ゴコロ …… 113

スタイリストの効果？…102

女オンチと買い物 …… 106

トラベルジュエリーが5万円？…108

買い物の基準がある…111

女子のオキテ …… 114

「音姫」のナゾ…115

生理用品…118

「トイレのゴミ箱」のナゾ …… 121

生理の思い出…122

20年ものの子宮筋腫…125

「女子力が高い」ランキング …… 127

女オンチのムダ毛処理…131

顔の産毛…132

風呂好きの温泉嫌い……134
温泉が苦手な三つの理由……136
他人の裸は見たくない……138
占いと女オンチ……141
カウンセラーみたいなもの?……142
血液型占い……143
「印鑑」「方角」「厄年」……146
大厄は語呂合わせのおやじギャグ……147
宗教的にいい加減でいい!!……149
「科学的なフリ」をしているもの……150
真っ黒な部屋……153
黒いランドセルに憧れて……153
20代に暮らした部屋は「暗室」だった……154
ポケットがたくさんほしい……155
仮面ライダーになりたかった……158

part 4

女オンチの人づきあい……167

天地真理仕様のピンク自転車……158
オタクの国に生まれた幸せ……160
戦う女になりたい……161
戦う女のミステリが登場した90年代……163
オタクの妻……164

教わるより教えたがり……168

お稽古ごとの憂うつ……168
仕事のための教室……170
うっとうしい教えたがり屋……171

中年女性とおばさん……175

「おばさん力」は「雑談力」……175
天気の話……177
人に聞けない……178
エレベーターの相乗りができない……180

part 5

夫と仲良くする方法……183
それでも夫は他人…184
友達の友達、は友達？…187

女オンチとカラダ

女オンチとカラダ……189
あこがれの「老眼」……190
30代。足、腕、肩…190
40代。老眼、シミ、痔…192
更年期障害がやってきた!!…196
もちろんダイエットオンチ……199
「何を食べようかな」…199
163㎝80㎏超え…201
「おいしく物を食べられる」ことが大事…204
デブに優しい女友達？……206
女同士のほめ合いは難しい…208
淡々とした理想的な関係…210

ブスだから女オンチ？……212
ブスであることは知っていた……215
「美人至上主義」の世界……217
ブスにだっていろいろ意見がある……218

女の武器を使うこと……221
それ以外の武器もあった方がいい……222
女の敵は女？　同じ女として？……224
「女の武器を女に使う」女もでてきた……226

おわりに　女オンチが伝えたかったこと……229
ディープスポット案内人……230
少しは改善する……231
女オンチと女マニア……233
機嫌のよいおじさんで変なおばさんになる……238

対談　女オンチと男オンチ、かく語りき♪〜……239
古市憲寿×深澤真紀

ブックデザイン　井上篤
イラスト　とんぼせんせい

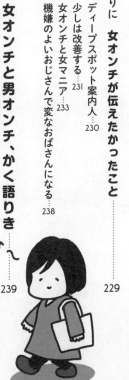

part

1

女オンチの イベント事情

16

誕生日事情

プレゼントオンチ

私の女オンチの歴史を語っていこう（全部黒歴史である）。

まず、「誕生日のお祝い」というものは、子供同士のイベントだと思っていた。というか今でもそう思っている。

だから高校までは誕生日祝いやプレゼント交換をやっていたけれど、大学に入ったら女友達の誕生日をわざわざ祝ったりはしなかった（30年前だと大学生でも祝ったりプレゼント交換をしている女子もいたが、私のようにそうしない女子もそれなりにいた）。

そもそも友達の誕生日を知らなかった（彼氏の誕生日だけは、かろうじて知っていたが）。

ところが社会人になってから知り合った女友達が、イベントにまめなタイプで、誕生日当日にわざわざプレゼントをくれたのだ。25年前の話である。

最初に思ったことは〝え、大人なのに、誕生日プレゼント？〟である。

プレゼントをあけてみて思ったことは〝金色のアクセサリーか、私使わないな〟であった。

それでも、私は「ありがとう」とお礼は言った。

そしてそのあとに「でも私、金色のアクセサリーは使わないから、お店で交換してくるよ。レシートある？」と言ったのである。

さすがの私も、これはひどい、ということは今ではちょっとわかる。

私はバブル世代ではあるが、同世代の女たちが武勇伝として語る、男たちからたくさんプレゼントをもらって「これ使わな〜い」と言って交換させた、という素敵な過去はない。

ただ単純に〝せっかくくれたのに、この色じゃ使わないからもったいないな〟と思っただけなのだ。

「ありがとう」と言っておいて使わないという選択肢も、せっかくもらったんだから使ってみるという選択肢も、本当に思いつかなかったのだ。

たぶん彼女も驚いていただろう。

それでもやさしく「レシートはあるよ。でも、せっかくだから一緒に交換しに行かない？」と言ってくれ、二人で店に行き、私が使いそうな銀色のアクセサリーに交換したのである……。

そのあとで彼女の誕生日には、希望を聞いてプレゼントを渡したのだけど（勝手に渡すより、希望を聞く方がよいと信じていた。今もそう思っているけれど）、それでは挽回できなかったと思う。

この彼女とはその後20年近くつきあいがなかったのだが（私がほかにもいろいろ失礼だったので）、先日久々に再会しこの件を謝ると「覚えてないけど、あなたならやりそうだし、びっくりしないよ」と言ってくれた。申し訳ない。

誕生日を覚える気がない

もうひとつ、これは15年前の出来事だが、仕事仲間の女性とお互いのスケジュール帳を出しながら日程の相談をしていた時だ（グーグルカレンダーのない時代なので、紙の手帳である）。

ふと彼女のスケジュール帳を見ると、私の誕生日のところに「真紀　33歳」と書いてある。

思わず「これなに？」と聞いてしまった。

彼女はきょとんとして答える。「あなたの誕生日。他の友達の誕生日も全部、スケジュール帳に書いてあるよ。この日じゃなかったっけ？」

「へえ～、そうなんだ、マメだね」と感心した私が、次に言ったことは、「でも私はあなたの誕生日を知らないし、誕生日を覚えるのも面倒くさいから、悪いけど私のは消してくれる？　ごめんね」

「う、うん……」と目の前で消してもらったのである。

自分で書いていても、本当にひどいことを言っていると今ならわかる。

のちにこの彼女にも「あのときは本当にごめん」と謝ったが、「傷ついたというより驚いたし、あれからあなたがちょっと怖くなった」と言われた。

そして私は、未だに彼女の誕生日は知らないままである……。

夫の誕生日

夫とは大学時代から付き合っているので、これまで30回近くお互いの誕生日を一緒に迎えた。

付き合い始めたときは、プレゼント交換もしたし、一緒にケーキも食べたものだ。

しかし就職すると、夫の誕生日は年末、私の誕生日は年度末と、社会人には忙しい時期のため、祝うことが難しくなってきた。

それに長い付き合いのカップルにはありがちだと思うが、プレゼントのネタも切れてきて、だんだん「相手の必要な物」を買ってあげるという形になってくる。

そしてある年の夏、「オレ、新しいデジカメが欲しいんだよな」と言う夫に、「じゃあ、誕生日プレゼントで買ってあげるよ」と私。

「あ、いいの？　よろしく」と夫は即答、そのままビックカメラでお買い上げとなったのである。

しかし先ほど書いたように、夫の誕生日は〝年末〟である。それを「欲しい物があるなら、それを誕生日プレゼントにすればいいや、ラッキー」と、〝夏〟に買ってしまったわけである。

さすがに「これって誕生日プレゼントの意味がないね」という話になり、今は「とりあえずカード交換くらいはしようか」というルールにしている。

ところが先日、私の誕生日当日が休日だったので二人とも家で過ごしていたのだが、「あーオレ、忙しくてカード買ってないから、今から買ってくるね」と夫が面倒くさそうに出かけていくのである。カード交換すらこの始末である。

次は十数年後に訪れる、お互いの還暦でも祝えばいいかな、と思っている。

Facebookが面倒くさい

とにかく私は誕生日には本当に興味がなく、覚えているのは、自分と夫と、実家の家族くらいである（でも父母の生年は微妙だし、弟の日付も微妙）。

自分のFacebookにも誕生日を登録していないので、「深澤真紀さん、お友達が誕生日を登録してくださいと言っています」とメッセージが来るが、「そんなことを知っていったいどうするのか」とスルーする。

Facebookで通知される「あなたの友達の誕生日です」というメッセージも、「おめでとう」と書くのが面倒くさいので、出ないように設定している。

誕生日に「おめでとう」メールも来ないし、自分も送らない。

だからといって生年や年齢を知られるのは、全然かまわない。1967年生ま

HAPPY BIRTHDAY!
たんじょうび おめでとう!
ハッピー バースディ!!

れ、本書が刊行される2016年2月時点では48歳だ。「女性に年を聞くのは失礼」だの、「いくつだと思います?」というやりとりも面倒くさい。

とにかく自分の誕生日を祝われたら、相手の誕生日も祝わなければいけないというループが続くのが、とてもとても面倒くさいのだ。だって誕生日って一生続くではないか（友人知人の子供の誕生日くらいは、会う機会があれば祝う。相手は子供だから）。

それに日本では戦後の昭和25年頃までは、正月に国民みんなが一緒に年をとるというシステムだった（ちなみに生まれたときはすでに1歳で、0歳という年齢はなかった）。だから、昔の人は「数え年」とか「満年齢」というのだ。

「誕生日を祝う」というのは、「クリスマスを祝う」のと同じくらい、日本ではわりと最近のイベントなのである。

みんなが正月に年をとるというシステム、とても便利でいいと思う。今からでも戻してほしいものである。

結婚式オンチ

「結婚イベント」の作法

お互いの誕生日を祝わない私たち夫婦は、もちろん結婚記念日だって祝ってない。

というか二人ともその日を覚えていないというか、知らない。

なぜなら、親族顔合わせも、挙式も、披露宴も、二次会も、何一つやっていないからだ。「二人で写真を撮影」とか「二人でお祝いの食事」すらやっていない。夫と私はお互いの親には会っているが、お互いの親同士は会っていない（いろいろ面倒くさいから）。

大学時代から付き合ってお互いの部屋を行き来して、社会人になってからは同居していたものの、長いことそのままの状態で「子供もいないし、このままでいいかな」と思っていたのだが、マンションの名義だのなんだの法的な手続きのために、40歳過ぎてから婚姻届を出しただけなのである。

区役所に行ったのは、梅雨時だったことは覚えているのだが（雨が降っていたから）、たまたま二人の休日が合っただけなので、なんの印象も残っていない。

親にも、「婚姻届を出しました」と半年後に年賀状で知らせたくらい適当だった（ちなみに最近「入籍」という言い方がはやりだがこれは間違いで、本来は「婚姻届提出」が正しい表現だ）。

そのあとなぜか親からは、手作り味噌とぬか漬けが送られてきたが、真意は不明である。

お互いの仕事関係にも友人知人にも、婚姻届を出したことを知らせてはいない。だって知らせたら、お祝いをもらったりして、さらに「内祝い」をしなくちゃいけないとか、これまた面倒くさい作法が続くではないか。

「内祝い」っていつのまにか、「お祝いをもらったら、その3分の1～2分の1の金額の物を返す」ということになっているが、そもそもは「1・近親者だけでする祝い。2・自分の家の祝い事の記念に、親しい人に贈り物をすること。また、その品。」(『大辞泉』より) という意味で、「お返し」という意味ではなかった。

私も長いこと辞書の意味で理解していたため、お返しという意味で内祝いという言葉が使われていることを知ったのはわりと最近のことなので、そんな面倒なことになっているのかと驚いた。

お祝いの品をもらったら、ネットでその金額を調べて、その半額の物を返すという作業は、お祝いの意味から遠ざかっているように思ってしまうのだ。

ご祝儀が高すぎる

そんな結婚式オンチの私なので、48歳まで生きてきて、結婚式や披露宴に行ったのは10回くらい。二次会も、たぶん20回くらいしか行っていない。

そもそも人徳がなくて招待されないからだが、招待されても「なぜ、この人の結婚式に呼ばれたのだ?」と思う相手なら、出席しない。

これを言うと「お祝い事だから招待されたら出席すべき。もしどうしても出られない場合でも、1万円くらいお祝いを贈るべし」と言われるのだが、どうにも納得できない。

そのことを話したら、若い知人に「私、今年だけで、結婚式は10回、二次会なら20回くらい行っていますよ……!」と驚かれ、「え? お金大丈夫?」とこちらはもっと驚いた。

私が結婚式に初めて出たのは、大学を卒業し就職した25年前で、祝儀は2万円でも大丈夫という時代だった(割り切れないように1万円札1枚と5千円札2枚にする、というルールはあったが)。

私はバブル世代ではあるが、給料は手取りで15万円くらい。そこから、家賃(バブル期なので家賃は高く、駅から徒歩20分で雨漏りするような築30年の2LDKの物件が15万円もして、それを夫と折半していた)も生活費も出していたの

高い……

で、生活は厳しかった。

それなのに2万円の祝儀（プラスもろもろ）を出すのは、本当にきつかった。

それが、この25年間で景気は悪化しているのに、祝儀は3万円という時代になっている。若い人には大変すぎると思う。

北海道みたいに1～2万円くらいの会費制結婚式にするとか、沖縄みたいに招待客は200～300人も呼ぶけど祝儀は1万円とか、こういうルールを全国に広められないものだろうか。両方の結婚式に出たことがあるが、どちらもフレンドリーでとてもいい感じだった。

結婚自体はおめでたいと思うけど、よくわからない「マナー」で多額の祝儀を贈ったり、半返しの内祝いはそろそろ考え直してもいいと思う。

そして最近は若い友人のカジュアルな結婚パーティに呼ばれることがあるが、これがお仕着せの式や宴ではないためか、居心地がいい。変なマナーにとらわれない、こういうスタイルがどんどん増えていくと、呼ぶ方も呼ばれる方も気楽だと思う。

女オンチの私が、自分の結婚式をしなかった理由も、他人の結婚式に行きたくない理由も、ヘアメイクと衣装の存在が大きい。

そもそも、私は毎日ノーメイクである。「素顔がきれいだから、メイクなんていらないわ」というわけではもちろんない。

魔女の成人式

アトピーと不器用

生まれた頃からかなりひどいアトピーで（48年前はまだアトピーという病気自体があまり知られておらず、大学病院でやっとアトピーだとわかったそうだ）、子供の頃からメイクへのあこがれがあまりなかった、というのが大きいとは思う。

中学時代は演劇部だったので、本番の時は顧問の先生がドーランを使ってメイクをしてくれたが、顔にフタをされるようでとてもつらかった。

高校を卒業するときには、化粧品メーカー主催のメイク教室があり、友人たちと参加して、自分の不器用さを知ることになるのだ。

そう、私は子供の頃からとてもとても不器用だった。

爪が上手に切れない。

運動靴のひもが結べない。

エプロンのひもを後ろで結べない。

ワンピースのファスナーがあげられない。

髪の毛をまとめられない。

35年前の私の中学時代は聖子ちゃんカットのブームとともに、くるくるドライヤーが大流行したのだが、こんな私にはブローなどとても無理な芸当だったので、髪型をショートにして、少し伸びたらゴムで適当に結ぶことでごまかしてきたものだ。

そんなわけでメイク教室で友人たちは上手にメイクしているが、私は言われたとおりに手が動かない。

だったら「アトピーと不器用を克服してまで、メイクはしなくていい」と決めて、すでに30年がたちそのまま状況が変わっていないのである。

そもそも私が高校・大学時代を過ごした80年代は、高校生や大学生のメイクが今のようにあたりまえではなかったこともあり（する人はする、という感じだった）、わりと普通にノーメイク人生を過ごせたのである。

就活の条件「メイク不要＆制服なし」

そして大学4年になり、就活がはじまる（当時この言葉はなくて、リクルート活動と呼んでいた。そして開始時期も遅くて4年生になってからだった）。

さすがにメイクは必要だろうと、ファンデーションを塗り、適当に眉を描きアイシャドウと口紅を塗る。これで終わり。

当時（90年代初め）は、今のようなアイメイク全盛時代ではないので、アイラインやマスカラなど、当時の私は存在は知ってはいたものの、見たこともなかったくらいである。

もちろんネイルもしない（指先が冷たく、重くなってしまって、気持ち悪い）。しかも出先にメイク落としを持って行って、面接が終わったらトイレで落としたりしていた。

そんな私が就活にあたって、譲れない条件はただ二つ。

「メイク不要な職場」と、「制服のない職場」であった。

この時代は女子には制服のある職場がとても多かったのだが、私は昔からスカートの制服が苦手で、中学ではださい学校指定のジャージで過ごし、高校も制服のないところを選んでジーンズで通い、子供の頃から今まで人生のほとんどをパンツ姿で過ごしている。

私はマスコミ志望だったので制服があるところはなかったが、「女性誌のある出版社では、メイクなしは難しいかもしれない」と悩み考え、単行本を出す地味な出版社に入った。

するとそ地味な会社だけあって、女性の先輩たちも薄いメイクかノーメイクだったので、ほっとしたものである。バブル期でもそういう人たちは多かったのだ。

「女が25歳過ぎたら化粧しないと犯罪」とか「化粧は女の最低限のマナー」と言われているのは知っているが、人類の歴史を見れば、男性の方が女性より化粧をしていた時代や文化だってあるのである。

だから私は、男性がメイクしたりネイルするのも反対はしないし（というかけっこう好き）、その逆でメイクもネイルもしない女もいていいだろう、というだけなのである。

そしてたまに見かける「高齢者施設でのボランティアによるメイク教室」というニュース。「やはり女性はいくつになってもメイクしたいものなのですね」というあれを見るたびに、「自分が年取って施設に入って、孫みたいな年の人から、おばあちゃんメイクしてあげるね～と言われたら、どう断るべきなのか」ということを、今からとても悩んでしまうのである。

メイクをしたら食事ができない

　というわけで、ひとさまの結婚式や披露宴にもノーメイクで出席した。

「就活にはメイクしていくんだから、披露宴にもメイクしていけよ！」と怒られたことがあるのだが、就活と披露宴には大きな違いがある。

「披露宴では食事をする」

　私は顔になにかを塗っている状態では、気持ちが悪くて食事ができないのである。

　ふだんはトイレの洗面台で手だけでなく顔も洗うし、飲食店でおしぼりが出たら顔も存分に拭《ふ》いて、それから食事しているのである（どちらも周りの人からはぎょっとされるが）。

　というわけで、ブローの技術はないので髪の毛は適当にとかすかゴムでまとめ、顔はノーメイクで結婚式に行っていた。

衣装も、結婚式でよく見るパーティドレスというのは着たことがない。ふだんは〝謎のアジア人〟みたいな格好をしているので、それのすこしおしゃれなバージョンで出席していた。それなのに、友人代表としてスピーチしたりしていたのだから、それぞれのご親族には、今となっては申し訳なく思う。

魔女の成人式

成人式にも、着物を着るという発想はなかった。着物レンタルとヘアメイクと写真撮影で10万円とか20万円とか、たった一日のために本当にもったいないと思ったのだ。当時は大学生ですでに実家を離れていて、お金もなかったし。

というわけで、黒いハイネック＋黒いロングスカート＋黒いレギンス（当時はスパッツと呼んでいた）＋黒い手袋＋黒いロングコート＋黒くて先のとがった革靴＋黒くてでかいカバン、以上計7点、10万円で参加した。

コートも靴もカバンも入れて10万円だし、レンタルではないから何度も使えるし、お得だと思ったのである。

当時、黒ずくめブームというのがあり、黒ばかり着る人はカラス族と呼ばれていたのだが、私はおしゃれのためではなく、「汚れが目立たなくて楽」という理由で、黒ばかり着ていたのである（今でもその傾向がある）。

またこのころソバージュ（若い人にはわからないかもしれないが、椿鬼奴《つばきおにやっこ》さんのヘアスタイルがそれ）がはやっており、「これならブロー不要で便利かも！」とソバージュをかけ、もちろんノーメイクなので同級生の男子に「え、魔女……？」と驚かれた。

「魔女の宅急便」ならぬ、「魔女の成人式」であった。

プレゼントオンチの憂《ゆう》うつ

花をもらってイヤな女はいない？

プレゼントというものを、もらうのもあげるのも下手だし苦手である。一番困るのは花をもらったとき。「花をもらってイヤな女なんていない」とはよく言われることだが、私はイヤというよりも、困惑してしまう。

花はきれいだと思うし、季節ごとに花見もするし、植物園や花鳥園も大好きで足を運ぶ。しかし私にとって花とは「外で愛《め》でる存在」であり、「家で愛でる存在」ではないのだ。

そもそも、花を上手に生けることができないし（花瓶に入れても、なんだかバランスが悪い)、すぐにダメにしてしまうし(洗剤とか砂糖を入れるといいというのを試しても、長持ちしない)、あげくの果てには飼っている猫が、花や葉を食べてしまう(花の種類によっては猫の命に関わる)。

とくに、お祝いとして立派な花をもらうと軽くパニックになってしまう。立派な花って1万円とか2万円とかするので(もっとすることもある)、ありがたいとは思って、礼状も書くけれど、「お花をいただいたときには、お返しは必要なのか?」と悩んでしまうのだ。

マナーにくわしい人に「お祝いの花にはお返しはいらない」と言われても、「そうもいかないのでは」とつまらないお返しを贈ってしまって、「なんだかずれてたかも」といつまでもくよくよしてしまう。

唯一の救いは、もらった花の行き先について困らなくなったことだ。

私の住むマンションの管理人が、数年前に「花好きの女性」に代わったのだ。彼女に代わってから、マンションのエントランスにはいつも花が飾られるようになった。

「この花をいただいたんですけど、一緒に飾っていただけますか?」と言うと、喜んで受け取ってくれ、見事にアレンジして飾ってくれ、しかもとても長持ちさせてくれるのだ。

花が大事にされて、マンション住民や訪れる多くの人に見てもらえるので、本当にありがたい。まさに捨てる神あれば拾う神ありである。

誕生日に椅子をプレゼント

以前、仕事相手の誕生日パーティに呼ばれたことがあった。

「誕生会は子供のもの」と思っている私にとっては、「仕事相手で年上の女性の誕生会って、いったいなにを持って行けばいいのか……?」と、誘われたその日から、悩むことになってしまった。

周りに相談すると、「シャンパン」とか「ケーキ」がいいのではと言う。

しかし「食べ物はかぶるのでは?」、それに「誕生日プレゼントじゃなくて、差し入れのような感じがするし」と悩んでしまう。

中には「ブランドの小物でも買っていけばいい」と言う人もいる。しかしそこまでお金をかけるのも、なんだか違うような気もする。

なぜか私の中で「プレゼントの予算は7000円」となっていた。理由は特にない。5000円では安く、1万円では高いような気がしたからだ。

そしてとうとうパーティ当日。まだプレゼントは決まらない。

パーティはその人のオフィスで行われるのだが、最寄り駅に着いてしまった。そこで駅ビルのなかを、「7000円の誕生日プレゼント」と探して歩く。

1時間あまり探してもいい物が見つからない。

疲れた上に、時間もなくなって焦っていた私は、折りたたみの布製のリクライニングチェアを見つけた。テレビを見たり本を読むのに良さそうなシロモノで、6800円也。

「これだ――――!!!」勇んでレジに向かう。

「あの椅子をください!」

「配送になさいますか？」

「いえ、持って帰ります、プレゼント用に包装してください！」

〝プレゼント？　しかも持ち帰り？〟という店員の怪訝《けげん》な顔に、気づかない私。

しかしきれいに包装された椅子を受け取ると、折りたたみとはいえ重いしでかい。

車のトランクにも入らなそうなので、タクシーに乗るのは難しい。会場であるオフィスまで15分ほど歩く。

歩いているうちに冷静になってきて、「このプレゼントはたぶん間違いだ……」と気づきはじめる。

「店に戻って交換すべきか？」

「でもそんなことしたらパーティの時間に遅刻するし、それにもうなにを買っていいかもわからない……」

とうとうオフィスに着く。

椅子を抱えて入ってくる私に、ぎょっとする参加者たち。

「お誕生日おめでとうございます。プレゼントの椅子です、大きくてすみません！」

とりあえず、大きな声を出してみる。

「あ、ありがとう」と、明らかに困惑している主役。

他の参加者が、気の利いたプレゼントを持ってきていたことは記憶にあるが、あとはもうよく覚えてはいない。

そしてその椅子は半年ほどはオフィスの片隅に置いてあったが、あるとき消えていた。当たり前である。

椅子を買うのなら、せめて引っ越し祝いだろう。しかもそんな大物を買うならば、事前に相談すべきである。本当にご迷惑をおかけした。

楽屋見舞いの正解は？

編集者として、有名人に取材することも多い。

ノーメイクで、ださい服装でやってきて、大きな声で質問をする私は、たまに女優やモデルに気に入られることがある（たぶん珍獣に見えるのだろう）。

20年近く前、そんな女優の一人から「あなたって変な人だわ」と面白がられ、彼女の出演する舞台に招待された。ものすごく光栄なことではある。

でも舞台に誘われたら、「楽屋見舞い」という差し入れが必要なのである。

もちろん私はそんなものは知らなかったのだが、その少し前に仕事関係で別の舞台に招待され、一緒に行った知人からそういう作法があることを学んだのである（そのときはその知人が楽屋見舞いを用意してくれたので、事なきを得た）。

今回招待してくれたのは大物女優だったため、楽屋見舞いになにがいいのやら、まったく見当がつかない。

そしてまた「女優の○○さんの楽屋見舞いには、なにがいいでしょう」と相談して回る日々。

「酒」「花」「甘いもの」「サンドイッチ」「おいなり」「料亭の折り詰め」「栄養ドリンク」「タオル」「香水」「文房具」など、いろいろ教えてもらうがぴんとこない。

あまりに悩んだ末、けっきょく「行かない」という結論に達した。考えすぎて、楽屋見舞いにだって、椅子を持って行きかねない。先方にご迷惑である。先方のマネージャーに「仕事が忙しくて」と招待を断り、自腹でもいいから見たかったのだが、いろいろ考えるのが面倒になってしまい、観劇自体を断念したのだった。

私がプレゼントをもらうのもあげるのも下手なのは、自分が「いらないもの」をもらっても困ってしまうので、相手にも「いらないもの」をあげたくないという気持ちが強いからだと思う（結果、椅子などというらないものをあげているわけだが……）。最近、若い友人の誕生パーティに呼ばれるのだが、「プレゼントはいりません」とか、「おすすめのお茶をもってきて下さい」とか、はっきり言ってくれるので楽である。

贈り物は気持ちが大事だとは言うが、不要なものをもらったらどうしたらいいのだろう？ それが今でもわからない。

「現金のやりとりでお返しなしのほうが、お互いのために楽なのに」と思ってしまうのである。

part

2

女オンチのおしゃれ事情

メイクオンチ

「いつも、ノーメイクです」と言うと、「基礎化粧はしないの？　日焼け止めは？」と聞かれることが多い。

基礎化粧と日焼け止め、これもまたメイクオンチには鬼門である。

そもそも用語が難しい。

まず「基礎化粧」と「スキンケア」は同じものなのだろうか？

「基礎化粧品とは、ファンデーション、口紅、眉墨、アイシャドウといった、メーキャップ化粧品と呼ばれるものに対して、洗顔料（洗顔用化粧品）、化粧水、美容液、乳液、クリームといった皮膚を健やかに保ち肌質自体を整えることを目的とする化粧品を指す語。皮膚用化粧品ともいう。スキンケアプロダクツと

も呼ばれる。」だそうである。(Wikipediaより。以下も同じ)

ということで基礎化粧とスキンケアは同じものと考えていいようだ。

そして、「化粧水」。

私はこれを「基礎化粧に使うメイク用品の総称」だと思っていた。だって、「化粧」+「水」って、何かの機能に特化した名前というよりは、総称に使う名前だろう。

ところが「化粧水とは、皮膚を保湿し、整え、滑らかにする機能を持つ透明液状を呈した化粧品である。ローション、トナー、トニック等と呼ばれることもある。」とある。ローションとトニックはともかく、トナーってコピー機でしか聞いたことがなかった。

さらに、「美容液」。

これもまた「美容」+「液」なので、スパッツがレギンスに替わったみたいに、「化粧水」を「美容液」とも呼ぶのだ、と思っていた。

「美容液とは基礎化粧品の一つ。保湿成分や美白成分などの美容成分が濃縮して配合されている。通常、美容成分の肌への吸収性を高めるため、化粧水等で肌を整えた後に、油分を含む基礎化粧品を使用する前に肌に塗布することが多い。」だそうだ。

化粧水よりも成分が多いものということか。

一方で「乳液」。

これはなんとなく機能がありそうな名前である。

「乳液は（中略）、特に化粧品で、皮膚に水分、油分を与えて、皮膚からの水分の蒸発を防ぐと同時に滑らかにする乳状の化粧品をいう。」とのこと。

となると、「クリーム」というのは「乳液」とは違うのだろうか？

「クリーム（cream）とは皮膚を保護し、潤いを与えるための基礎化粧品である。（中略）クレーム、スキンフードとも呼ばれ多く化粧水か乳液の後など肌の手入れの最後に使用する。」

そして、クリームとは「肌の手入れの最後に使用する」ものだそうだ。

そう、基礎化粧の難しさは「塗る順番」である。

基礎化粧の順番が覚えられない

なにしろ、「順番を間違えると、かえって肌トラブルの元になる」とか言われるので、本当におそろしすぎる。

基本の順番は、洗顔↓化粧水↓美容液↓乳液↓クリームで、同じメーカーの基礎化粧品を使う場合は、これを「ライン使い」と呼ぶらしい。

最初の洗顔はともかく、その後4種類の順番を覚えろと言われても、みんな同じような容器だし無理というものだ。

そしてこの順番の理由は、「最初に汚れを落とし、そこに水分を与えて、最後に油分でフタをする」からだとか。しかし一方では、基礎化粧品には「油分は使っちゃダメ」というメーカーもあるし、難しい。

アトピーの私は、「アトピーでも平気」というとあるメーカーの基礎化粧品を、大学時代から30年使っていてトラブルもないので、同じ物をずっと使っている。

「今はアトピー用の基礎化粧品で、もっといい物があるよ」とか「同じ物を使い続けちゃダメ」(それはなぜ?)とか言われるのだが、トラブルもないし、このまま死ぬまで同じメーカーでいい。

それに塗っているのは、そのメーカーの乳液だけ(120mlで1500円、これが半年くらいもつ)。これで冬の乾燥も防げるし、夏の日焼けにもいいような気がしている。しかもそれすら塗るのは、冬や夏の気候の厳しいときだけなのである。

夫の方がよほどまめに、何かを塗っているくらいだ。たまに私の乳液も使っているようだし。

日焼け止め

そして、「日焼け止め」。

ここ数年、頰《ほお》にシミが出てきて、「日焼け止め塗ってる？」と聞かれるのだが、ほぼ塗っていない。

しかし「日焼け止めだけは塗らなくちゃダメだよ」とあまりにも怒られて、いろいろと調べたら、「日焼け止めのあとにはクレンジング（化粧落とし）が絶対に必要」と書いてあるではないか。

クレンジングが必要ということは、日焼け止めはファンデーションのようなものだということとなのだろうか？

しかも「できれば日焼け止め専用のクレンジングがよい」とまで書いてある。化粧用のクレンジングと何が違うのだ……。

私がメイクをしない理由の一つに「ファンデーションが苦手」というのと、「クレンジングが難しい」というのがある。ファンデーションをしていたら食事ができないので、日焼け止めだって同じことになるだろう。

そして「クレンジングを上手にしないと、とても肌に悪い」とおそろしいことを言われるので、それなら最初から塗らない方がましだと思ってしまうのである。

しかも日焼け止めって、洋服とかカバンについてしまったらなかなか落ちないので、本当に面倒くさいと思ってしまう。

というわけで南の島に行ったときはさすがに日焼け止めを塗るが、それもネット通販で見つけた、子供用のお湯や石鹸《せっけん》で落とせる日焼け止めである。それでも塗る時にはとてもうんざりしてしまう。

いろいろ考えてふだんは日焼け止めを塗るのはやめて、帽子や日傘で対応することにした。傘というものが嫌いで、ちょっとした雨だったら雨傘を差さない私にしては、大進歩である。しかも猛暑の中で日傘を差すと、日陰ができて結構涼しいので一石二鳥だ。

さらにコンタクトもUVカットに替えてみた（紫外線は目から入ってくると言

最初に化粧水…
次に美容液…
あとは…何だっけ？
1
2
3
4

われたので）。またまた大進歩である。

いずれはシミとしわだらけになるのかもしれないけど、これ以上のことは私には無理なので、甘んじて受け入れることとする。

機嫌のよいおじさんになろう

自分の会社の設立パーティ

20代の就職活動や転職活動の時（20代で会社を三つほど変わっている）にはさすがに少しはメイクをしたわけだが、30代ではまったくメイクをしなかった。

いろいろあって30代で独立して会社を起こし、その設立パーティを開くことになった。

イベントオンチの私としては「会社を作っただけでも大変だったのに、パーティなんてしなくても……」と思っていたのだが、大学の先輩でもある他の取締役たちが乗り気だったので、ひとりだけ彼女たちより若い私は、後輩として幹事に徹することにした。

設立パーティの打ち合わせ中、「あなたはどんな服にするの？」と聞かれたので、「ちょっとおしゃれなパンツスーツにします」と答え、「パンツスーツか、本当はスカートがいいけどしょうがないわね」と言われたあとに、「もちろんメイクはするのよね?」と心配そうに聞かれた。

「しませんよ。アトピーだし、メイクがヘタなので」と答えると、「アトピーにもいいメイク用品があるわよ、私たちが主催するパーティなのにノーメイクなんて失礼よ」と、ずいぶん説得された。

しかし「無理なものは無理です。メイクをする必要があるならパーティに出たくないです。結婚式だってメイクしないで行ってますから」と言うと、さすがに呆《あき》れられ、諦められて、無事ノーメイクでパーティの司会を務める次第と相成ったのである。

まさかの草食男子ブーム

このままノーメイク人生でいけると思っていたら、40代になって思いもよらない罠《わな》が待っていた。

それは、「草食男子」の名付け親としての、数々のメディア出演である。

30代で独立したときに、「編集者として裏方仕事だけじゃなくて、書いたり、表に出たりする仕事もすれば?」と言われていたのだが、「裏方の方が好きだし、表に出る仕事はメイクをしなくちゃいけないからいやだ」と思っていたくらいなのに、まさかの草食男子ブームで、そうも言っていられなくなったのである。

それでも最初の頃は、ノーメイクでテレビのコメント取材を受けたりしたのだが、そのオンエアが流れると、友人知人から「さっきノーメイクでぼさぼさの髪でテレビに出てたでしょ」と電話やメールで怒られたりしたのである。

それ以降はさすがに「へたくそなんちゃってメイク」をするようにしていたのだが、それでもノーメイクに見えることもあるようである。

それどころか、自前のメイクで受けた取材の写真を見た人から、「顔色が悪いけど、病気なの?」と心配されることもある。まったく、どうしたらよいのだろう。

「お粉でメイク直し」?

一番困ったのが、2009年の年末に草食男子が「新語・流行語大賞」のトップテンに入ったときの、授賞式の日である。

授賞式は夕方からなのだが、その日は昼から別のテレビ取材も入っていた。私の「へたくそなんちゃってメイク」では、もう限界である。ネットで調べると自宅の近所に、ヘアカット+セット+メイクで7500円という格安の美容室があったので、さっそく予約して行く。

「このメイクを、夜まで持たせるにはどうしたらいいですか?」と尋ねる。

「お粉をして、口紅を直せば大丈夫ですよ」と美容師さん。

お粉……? お粉とファンデーションの違いがわからない。

ネットで調べると、お粉とはおしろいやフェイスパウダーと同じで、ファンデーションのように油分を含まないもの、だそうだ。と言われてもやっぱりよくわからないが。

昼のテレビ取材は無事終了したので、ドラッグストアで、低刺激とうたっている500円のフェイスパウダーと600円の口紅を買ってみる（メイク用品として安いのはわかっているが、めったに使わないのにもったいないなあと思ってしまう）。

流行語大賞の授賞式

昼のテレビ取材を終え、夜の流行語大賞の授賞式へ。

すでにメイクはハゲかかっている。

化粧室（化粧室で化粧直しをするのも初めてである！）でフェイスパウダーの蓋《ふた》を開ける。まずパフがあり、その下にパウダーが入っているのだが、パフをとんとんとやっても、パウダーを出す穴の分だけパフについて、水玉模様になってしまう。

「これをそのまま顔につけたら、顔が水玉になってしまう……」とわけがわからなくなり、口紅だけ引き直して、授賞式に臨んだ。

あとで周りに聞くと、パフをもんで粉をまんべんなく行き渡らせるそうなのだが、そんなこととてもできそうにもない。そのフェイスパウダーは使われないまま、洗面台の奥にしまわれている。

ちなみに衣装は、5万円のパンツスーツと1万円のインナーを新調した。

しかし、テレビで流れたニュースを見て、女性の友人知人から「おめでとう。でもあのヘアメイクはいったいなに?」「あの就活みたいな地味なスーツはどういうつもり?」と、たくさんの連絡が来た。

正直に「7500円のヘアメイクと5万円のスーツですよ」と言うと絶句されたのだが、流行語大賞は賞金が出るわけではないので、本人としては大奮発である。

授賞式の後には「もっとおしゃれになってほしいから」と、アクセサリーをプレゼントされたくらいだ(しかし派手すぎて似合わなかったので、知り合いにあ

機嫌が
良さそうな
おじさん

げてしまった。以前のように交換しなかっただけ、進歩したと思う)。

40歳を過ぎた私としては、いまさら面倒な方にすすみたくはないのだ。

そもそも20年ほど前までは、40歳を過ぎた〝中年女性文化人〟という存在は、おばさんであることが当たり前だったので、ルックスとかヘアメイクを今のようにあれこれ言われなかった。私もその路線でいいのである。

もちろんきれいな中年女性が増えるのはすばらしいけれど、私にはスペック的にも、性格的にも無理なのだ。

最近の私の目標は「機嫌がよさそうなおじさん」である。

テレビに出る文化人のルックスとしては、森永卓郎《もりながたくろう》さんとか茂木健一郎《もぎけんいちろう》さんとかくらいが、私のロールモデル(笑)なのである。蛭子能収《えびすよしかず》さんでもいいかもしれない。

もうおばさんになるのすら、あきらめているのだ。

コメンテーターとメイク

コメンテーター

そんなノーメイク人生を地道に歩んでいた私だが、草食男子ブームの余波で、朝の情報番組『とくダネ!』のレギュラーコメンテーターを務めることになってしまった。

朝が早いのも大変だし、政治から生活ネタまで幅広いテーマにコメントするのも大変だ。

でも何より、メイクが憂《ゆう》うつだった。もちろん自分でメイクするわけではなく、テレビ局にはメイク室がある。相手はプロなので完全におまかせすればいい、と思っていた。

ところが初めて出演する日、メイクさんに「どういう感じにしますか?」と聞かれた。

「どういう感じ、ですか」

これが本当に困る質問なのである。

美容院で髪を切るときもそう聞かれると、私はいつも「楽な感じにしてください」としか答えようがない。つまり、できあがりの希望やビジョンが全くないのである。

仕方なく、「え――と、〝中年女性文化人〟って感じでしょうか……」と具体性のないリクエストをする。

「じゃあナチュラルに仕上げましょう」

「はい、それでお願いします」

以降は毎回「ナチュラルな感じで」とお願いしているが、「ナチュラルメイク」というのも、わかるようでわからない言葉である。一番難易度が高いのがナチュラルメイクだとも言うし。

恐怖のビューラー

というわけでメイクが始まる。

「まずは化粧水で収斂《しゆうれん》しますね」

収斂……、引き締めるってことか。

そして下地、さらにファンデーションを塗る。

このときメイクさんによっては、シミだけではなく、なぜか顔中のほくろを全て消し去ろうとする人もいて、心の中で(フォトショップの修正かよ!)と突っ込んでしまう。

そもそも人に触られるのが苦手な私は、メイクの最中はずっと放心したままである。

そこに突然「お願いしていいですか?」とメイクさんに言われる。

お願い? 私になにをお願いするというのか?

メイクさんを見ると、ビューラーを持っている。

「ビューラーを、ご自分でお願いしていいですか?」

ええっ? 自分でやるの? ビューラーを?

男性読者のために説明すると(知っている人は多いだろうが)、ビューラーとは、まつげをはさんで上向きにするという道具である(下まつげが長ければ、そちらは下向きにする)。

もちろん私は使ったことがない。

しかもビューラーには「恐怖心」しかないのだ。

小学生か中学生の時に読んだ向田邦子《むこうだくにこ》の短編だったと思うのだが、結婚する女性が、その姉妹から「結婚式のメイクは自分でした方が、自分らしくて仕上がっていいのだ」と言われ、しぶしぶ従う。

ところが貸してくれたビューラーは、押さえのゴムが古くなっていて、まつげをはさんだらそのままゴムにまつげがくっついてしまい、片方のまつげが全部抜けてしまったのだ。

そう、私にとっては、まつげが抜ける拷問道具のようなビューラー。不器用な私が使ったら、どうなるものだかわかったものじゃない。

正直に「自分で使ったことがないので、メイクさんにお願いします」と申告する。使ったことがない、と言うとぎょっとされてしまうのだが。

アイメイクが鍵る？

そんなこんなで、ビューラー、マスカラ（まつげ）、アイライン（目の縁）、アイシャドウ（まぶた）、アイブロウ（眉毛）、などのアイメイクが粛々と進んでいく。

30年前、私が若い頃はアイメイクというものは今ほどは重視されておらず、化粧のメインと言えば口紅であったので、アイメイクというものにはほんとうになじみがない。

さらにハイライト（日本語で何と言うのかわからない……）やらチーク（頬紅）やらを施され、最後に口紅。口紅の時にも必ず「あれ、唇が荒れてますね、リップ塗ってます?」と聞かれてしまう。

さすがにメンタムリップくらいは塗ろうと思うのだが、リップを塗ると食事ができないのでついつい忘れてしまい、唇は一年中がさがさなのである。

だんだんと申し訳なさでいたたまれなくなりつつも、メイク終了。ぐったりしてしまう（いやメイクさんの方がぐったりしているだろうが）。

そしてそこから番組の打ち合わせを30分ほどして、いったん楽屋に戻る。

鏡を見ると、目の下が黒くなっている!

「ええええ?」とパニックになる。

メイクさんに言えばいいのだろうが、なんだか申し訳ないし、怒られるかもしれないと思ってしまって言えず（メイクさんは自分の娘のような年の人なのだが）、ティッシュを濡らしてなんとかふきとる。

メイクがまだらになっているがもう仕方ない。

しかしなぜ目の下が黒くなるのだろう。顔が平面なうえ、ほとんどないまつげを無理矢理にあげてマスカラをしたために、目の下に転写してしまったのだろう

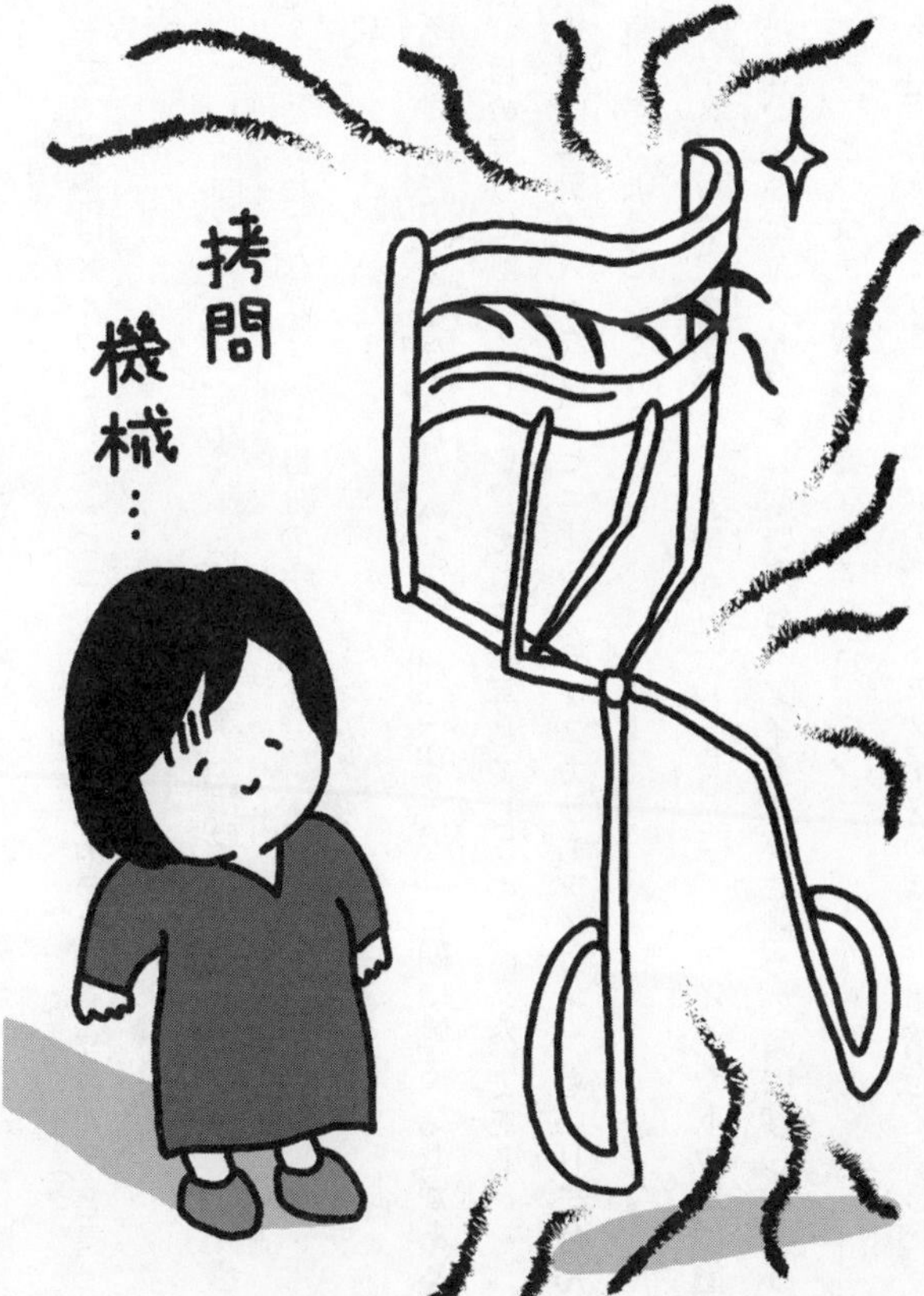
拷問機械…

か？

そこで翌週はメイクさんに「ビューラーとマスカラはいりません」と言ってみる。

しかし前回ほどひどくないにしても、黒く転写している。なぜ？　なぜなのだ？　とあわてながらふと自分の手を見る。

黒い……！

そう、ふだんメイクをしない私は、なにかというと顔に触るクセがあるために、目の周りに触ってしまい、それを転写してしまっているのである。

以降は「アイメイクは、ビューラーもマスカラもアイラインもいりません」とお願いするようにしている。

「アイメイクなしですか？」と驚かれてしまうので、「アイシャドウだけ塗ってください。ふだんメイクをしないから、アイメイクに触って顔に移しちゃうんですよね」という言い訳も必要なのである。

それでもなんだか肩身が狭いので、ヘアメイクの知人に事情を相談した。

「顔に触らなきゃいいだけだと思うけど、あなたには無理そうだよね。それならカラコン入れなさいよ」

「え、カラコン？ 目の色を変えたら変じゃないですか？」

「そうじゃなくて、黒目の縁だけがサークル状に黒とか茶色になっていて、黒目が大きく見えるカラコンがあるから」

「そんなものがあるんですね。普段もコンタクトだし、テレビの時はそのカラコンを入れてみます」

というわけで、メイクさんには「でもほら、カラコンは入れてますよ！」とアピールしたりしているのである。そう、私は改善できるものはしたいとは思っているのだ。

ファンデーションがつく！

そして問題は、アイメイクだけではない。

ファンデーションというものが、あんなにいろいろなものにつくとは思わなかった。

携帯はもちろん（画面の大きいスマホになった今、メイクしている人はどうやって通話しているのだろうか）、洋服からなにから、ファンデーションがべったりつく。女性用の試着室に、フェイスカバーが置いてある理由がよくわかった。試着用の洋服にファンデーションがついてしまうわけだ。

というか、やはりメイクというものは顔に絵の具を塗っているようなもので、見た目はきれいだけど、清潔なものではないのかもしれない……。

しかし女性有名人のブログを読んでいると、「今日はテレビ出演、せっかくきれいにメイクしてもらったので、このまま銀座でランチ♪」などと書いてあることがよくあるので、「そういうものなのか……」と思いつつ、私は番組が終わると自分の楽屋でメイクを落として（メイク室で落とすのは男性くらいなので、なんとなくメイクさんに申し訳ない）、自宅に帰っているのである。

私がかつらをつける理由

「深澤真紀」と検索すると、検索関連ワードで、「深澤真紀　かつら」「深澤真紀　がん」と出てくる。

そう、私はテレビに出るときなどは「かつら」をかぶっている。別に隠しているわけではなくて、何度か書いたり話したりもしている。

かつらをかぶっていることで、「がん」と検索されているのだが、かつらにした理由は、アトピーやアレルギーなどの自己免疫疾患でハゲただけなのである。

それは三角形脱毛症から始まった

あれは、5年前の春のことだった。『とくダネ！』に出演して2年目に入り、ビデオが流れている画面の端に、それを見ている私が映った（いわゆるワイプというものである）。

「あれ……、私の頭頂部、三角形に光ってる？」

番組が終わり、楽屋に戻って鏡で頭頂部を見ると、一片2センチほどの三角形にハゲている。

円形脱毛症ならぬ〝三角形脱毛症〟である。

いつもは髪をささっととかすだけで、メイクもしない私は、鏡をあまり見ないので、気がついていなかったのだ。

出演前にメイクさんは髪をブローしてくれているから、「あら、ハゲてる！」と気がついたと思うが、さすがに言いにくかったのだろう。

とはいえ私は、20代の頃にも後頭部に500円玉ハゲを三つほどこしらえたことがあって、慣れている。

「またハゲたか、最近忙しかったしな」と、さして気にしていなかった。

翌週の番組出演時にメイクさんに、「頭頂部がハゲてるんですけど、どうしたらいいですか？」と相談してみる。先方はさすがに慣れたもので、「じゃあ白髪隠し用の茶色のファンデーションを頭皮に塗っちゃいましょう」とのこと。これがまたきれいに隠れるのである。

さらに日常では、幅広のカチューシャで頭頂部を隠すことで、気にならなくなった。

ハゲ増殖！

ところが頭頂部に1カ所だけだったハゲが、どんどん増えてくる。夫に見てもらうと、「5カ所くらいハゲてるよ」とのこと。

仕方なく皮膚科に行く。

「これは多発型の円形脱毛症です。昔はストレスが原因だと言われていたのですが、最近では、自分の髪を〝敵〟だと誤解して脱毛してしまう自己免疫疾患だと言われています。アトピーとかアレルギーのある人がなりやすいのです」とのこと。

なるほど。私は生まれたときからずっと、かなりひどいアトピーと、目や鼻や喉などのアレルギーを患っている。20代の時の円形脱毛症もストレスのせいかと思っていたのだが、そうではなかったわけか。

「ひどい場合には全頭や全身の毛が抜けることもありますが、対症療法はあっても根本的な治療法はありません」

そう言われたとおり、最初にハゲを発見してから3カ月で、茶色いファンデーションや幅広のカチューシャでは隠しきれないほどハゲが広がってきた。

実は私には、かねてから「丸坊主にしたい」という願望があった。

もともとが面倒くさい髪質なのである。ものすごく髪の毛が細いうえに猫っ毛でまとまらないし、よくはねる。

美容師にも「この髪質だと本当に大変ですね」と、同情されつづけてきたくらいだ。仕方なく適当に伸ばしてゴムでまとめたりしていたが、不器用なので仕上がりがなんかヘンなのである。

そして美容院が苦手。

「どうしますか？」

「洗ったらブローしないで、そのまま大丈夫な感じでお願いします」

「ブローしないんですか、この髪質で？ そんなの無理ですよ！」と怒られたりする。

「楽になるかな」と思ってパーマをかけたことがあるが、アトピーで皮膚が弱いのでかぶれるし、猫っ毛なのですぐにパーマもとれてしまうので、懲《こ》りてしまった。かぶれるのが怖いので、カラーをいれたこともない。

というわけでこの数年は、近所にあるカット1500円という格安美容室で「さっぱりしてください」と、適当なショートボブにしていた（ちなみに夫は4000円の理容室に通っていたので、「贅沢者《ぜいたく》」と私に言われていた）。

そんなもろもろの悩みも、丸刈りにしてしまえば解決である！

ネットで1500円の電気バリカンを買って、自宅の風呂場で夫に丸めてもらう。

「プロレスのバリカンマッチみたいだな」

「いやいや出家するみたいじゃない？」と、「髪は女の命」という発想のない私たちは盛り上がった。

丸刈りはすっきりして、とてもいい。シャンプー不要で、石鹸で顔と一緒に頭を洗うだけである。

半分だけかつら、に落ち着く

そしてネットであれこれ調べる。

私はものすごく面倒くさがりなのだが、一方で「工夫をすること」は大好きなので、こういうときは張り切ってしまう。

まず普段は帽子をかぶればいいだろう。

ちょっと気を遣う場面ではどうするか。かつらだと蒸れるだろうと思っていたら、〝半分だけのかつら〟の「インナーウィッグ」(鈴珠)というものがあった。これをかぶって、あとはちょっとおしゃれな帽子を上からかぶればいい。蒸れないし、髪型がくずれたりしないので、とても便利なのだ。

そしてテレビ用にかぶるかつらは、ミセス用のいいものだと10万円以上と値段が高すぎる。ところがギャル用だと安いものがあるので、1万6000円のショートのかつらを購入。「もっといいかつらにしたら?」と言われたりしたが、週に1回くらいしか使わないし、十分である(ただし1年くらいで買い換える)。見ている人にはすぐかつらとわかるようだが、隠しているわけではないので問題もない。

そんなこんなで、脱毛症になって6年目になるが、春先になると、さまよえる湖のように毎回違う場所に何カ所か脱毛症ができて、ばーっと髪の毛が抜けて、秋になると生えてくる。

まるで猫の換毛期のようだ。長毛種の猫を飼っている我が家では、春先になると猫の換毛と私の脱毛のために、部屋中に毛がまき散らされて、今では〝春の風物詩〟になっている。

とはいえ、帽子やかつらをかぶればいいだけで髪型を考えなくていい生活は、とても楽なのだ。しかも白髪《しらが》を染めなくてもいいし。もし脱毛症が治っても、丸刈り＋帽子、ときどきかつらのままでいいと思っている。

すっきり

女オンチとブラ

この数年は、猛暑が続いている。

いつもはノーメイクの私に、「自前でメイクをして来てください」という仕事があった。しかたなく超適当にメイクをして家を出る。

あまりの暑さにすごい汗で、メイクはどろどろに崩れたが、メイク用品を持ち歩くという発想のない私は、またもドラッグストアで安いファンデーションとアイシャドウと口紅を買って、適当なメイク直しをすることになった……。

こういうときは一体どうしたらよいのだろう？　ウォータープルーフのメイク用品というのは、汗をかくときにも使うのだろうか？

とにかく、こんなときにはしみじみと「毎日メイクをする人は大変だ」と思ってしまう。

ブラもストッキングも無理!!

女オンチの私がそう思うのは、メイクに関してだけではない。

ブラジャーとか、ガードルとか（最近の若い女性はあんまりはかないだろうけど）、締め付けるものは基本的に身につけないし、ストッキングもはかない。

ごくたまに身につける機会があると、「こんなもの毎日身につける人は、なんて我慢強いんだ」と感心してしまう。アトピーのためにかぶれてしまうし、それにもまして女性用の下着はきつくてしんどいものが多い。

胸のサイズがBくらいなので ブラなしでも問題もなく、もうつけないことにしたのだ（とはいえ女性用のちゃんとした下着をつけない私は、自分の正しいサイズもよく把握していないのだが）。

中学ではサイズがAだったこともあり、スポーツブラでごまかしていた。そのスポーツブラですら、中2になるまで買わず、友人が私の母にわざわざ「ブラを買ってやってくれ」と注進したくらいである。

高校ではサイズがBになったので、普通のブラを2枚だけしぶしぶ買った。これがもう、値段は高いし、洗濯は面倒だし（なぜ風呂で手洗いしなければいけないのか）、ピンクでレースでリボンという、私の苦手なものの3連発だしと（今ならシンプルなブラもあるけど、当時はこの手のブラがほとんどだった）、朝の着替えが憂うつになるシロモノであった。

ところが大学時代に、スーパーの衣料品コーナーで、今で言うブラトップのおばちゃん版を発見したのである。

友人にも「これ、おばあさんの下着？」と真顔で聞かれるくらいださかったので、バブル期の女子大学生であれを身につけていた人はほとんどいないと思うが、私は愛用していた。どこのスーパーでも売っているわけではなかったので、それを見つけるたびに喜んで買い込んでいたものだ。

それから20年近くたって、ユニクロのブラトップがブームになったときは、うれしいだけでなく「ブラが面倒くさいと思っている人はこんなにいるのか」と、ちょっとほっとしたものである。

デカパンとハイソックス

私と同世代の40〜50代の女性は、ガードルやら矯正下着ブームの世代でもあるので、まるでヨロイのような下着をつけていた（しかもその矯正下着には数十万円もするものもあった）。家で寝るときでもブラジャーをするという人も少なくない。

一方の私は10代の頃からずーっと、おばちゃんブラトップにデカパンである。ブラトップはおなかまで隠れて冷えなくていいし、さらに、股上の深いデカパンもおなかが暖かくていい。サイズはたぶんA4くらいである（と思って比べてみたら、A4より大きかった）。

さらにストッキングも、かゆいのがいやだし、股の部分のもぞもぞも気持ち悪いし、不器用ではくときに伝線させてしまうしで、就活でリクルートスーツを着たときくらいしかはかなかった（そういえば就活では、ブラも久々に買ったものである）。

基本的にはハイソックス、しかも最近は、着圧で五本指のハイソックスである。靴を脱いで座敷にあがるときにちょっとびっくりされるし、サラリーマンの夫も同じようなソックスをはいているため、洗濯のときに混ざってしまうという欠点もあるけど、背に腹はかえられない。

しかもブラトップもデカパンもハイソックスも、まったく同じものを10枚持っている。忙しくて洗濯できないときも10枚あればなんとかなるし、とくにソックスは同じものをもっていれば片方なくしても大丈夫だし、コンビじゃないソックスをはいてしまうおそれもなくて便利なのだ。

しかもこれらは全部黒色なので、我が家の洗濯物は年中真っ黒なのだ。真っ黒な洗濯物を干していると、「我が家を狙う下着泥棒はいないだろうな」と思うので、防犯用にもおすすめである。

えっ…
おばあさんの下着？

足のサイズは25センチ

ノーメイクで下着も適当な私は、もちろんヒールの靴は履かない。というか履けない。そもそも足のサイズが25センチなのである。

手のサイズもとても大きくて、中指の先から手首まで18センチある。女性の手袋でいうとLサイズでも16〜17センチで（男性のLサイズが18〜19センチ）、基本的に女性物の手袋がはめられない。

無理矢理に女性物をはめていたら、指先が破れたこともあるくらいなので、今は元々指先があいているタイプの手袋をはめている。

身長は163センチと普通なので、手足が大きいことによくびっくりされてしまう。女オンチは、生まれながらのスペックにあれこれと問題があるわけである。

修学旅行とバッシュとボス女子

中学生の時から足のサイズが25センチだった私は、それはそれは大変だった。最近でこそ大きいサイズの靴が増えてきたが、当時は女性の靴は24センチか、あっても24・5センチまで。それに無理矢理に足を入れるわけである。

そんなわけで靴にまつわるエピソードはいろいろある。

高校時代に、コンバースのオールスターのハイカット(バスケットシューズ、略してバッシュとも呼ばれていた)が大流行した。男女兼用のスニーカーなので、サイズも豊富である。黒のアメリカサイズ7(25センチ)を買って、修学旅行に履いていった。

通っていた高校が私服だったので(そもそも私服だから、この高校を受けたわけだが)、ジーンズにバッシュで行ったわけである。たまたまクラスメイトのA

くんも黒を履いていた。

「深澤、同じ色のバッシュだな、でもサイズでかくない？」

「サイズ7だからね」

「俺も7だよ。深澤、態度だけじゃなくて足もでけーな」

「色もサイズも一緒だけど、間違えないでよ。名前でも書いとく？」などと、京都に向かう新幹線の中で盛り上がっていたら、Bさんをはじめとした女子たちにデッキに呼び出された。

学校のボス女子的な存在でもあったBさんは、Aくんの彼女。

「どういうつもりで私の彼氏と、なにもかもおそろいの靴を履いてきているわけ？　許せないから脱いで！」と言うのである。

「いや、バッシュはみんな履いているし、黒は定番の色だし、しかも私の足がでかいのはどうにもならないじゃないか！」と一生懸命に抗弁したが、修学旅行の間中、「私の靴を、どこかに隠されるんじゃないか」とおびえる羽目になった。

ちなみに、当時の私の立場は〝修学旅行実行委員会　副委員長〟で、旅行中はあれこれとイベントの準備などで大変だったのに、こんな苦労まで抱えていたわけである。さすがに靴を隠されることはなく、無事に終わったのが救いであった。

ハワイで見つけた靴

そんなわけで、学生時代はスニーカーで過ごしていた。

就活の時は、パンプス（そういえばパンプスとハイヒールの違いもよくわからない、今調べたらパンプスはひもや留め金のないデザインのことで、ハイヒールはヒールの高い靴の総称だそうだ）を大きい靴の専門店で買ったのだが、歩き方が悪い上に足がでかいので3センチのヒールでもすぐに足が痛くなってしまう。

就活の帰り道に、あまりの痛さにパンプスを脱いで帰ったことすらあり、すれ違う人にぎょっとされたりしていた。

就職してからは、スニーカーというわけにもいかないし、とはいえ高いヒールの靴はとても無理なので、男性用のローファーなどを履いていた。

当時ウォーキングもできるビジネスシューズというのが出始めた頃で、歩くのが好きな私がそれを見つけて履いていると、夫も「その靴いいな」と同じデザインの靴をほしいという。それ以来、夫が26・5センチで私が25センチの同じ靴を買って履くことが今でもよくある。

夫婦で同じ靴を履いて座敷のある店で靴を脱ぐと、帰りに「あら、同じ靴が2足あるけど、女性物がないわ」と仲居さんを困惑させてしまう。「微妙に小さいのが私のです、私の足が大きいものですから」と言い訳することになってしまう。

そんなあるとき、社員旅行でハワイに行くことになった。20年以上前のことだ。ハワイのショッピングセンターには、女性物でペタンコで、サイズが大きい靴がたくさんある！

バレエシューズみたいなデザインで、歩きやすそうだし、さすがに男性物には見えない。これで仲居さんを困らせることもないだろうと、3足買い込み、そればかり履いていた。

25センチの呪い

そんなある日、会社の飲み会で座敷のある店で飲んでいたら（私は酒が飲めないのでソフトドリンクで参加）、私の靴だけがない。誰かに間違われたのだろうと思ったら、残っている靴は25センチの汚くてださい餃子《ギョウザ》みたいなデザインのおじさん靴。

そう、私のバレエシューズは、酔っ払ったおじさんに履いて帰られたのである。せっかくバレエシューズにしても、25センチというサイズの呪いからは逃れられなかったのだ。

店の人から「この靴を履いて帰られますか？」とたずねられたが、20代だった私にはさすがにおじさんの靴を履く勇気はない（今もない）。

「店にほかにあるのは、トイレ用のサンダルなんですが……」

おじさんの靴かトイレサンダルか、究極の選択であるが、しばし悩んで、「サンダルをお借りします」。

そのままトイレサンダルを履いて家に帰り、翌日店に返しに行ったが、けっきょく私の靴は戻ってこなかった。おじさんの家では、あのサイズはでかいが、見るからに女物のデザインの靴は問題にならなかったのだろうか。

ともかく、足が大きいというだけで、同級生女子に怒られ、おじさんに靴を間違われるのである。

今ではサイズも大きく歩きやすい女性物の靴（私のおすすめはベアーシューズと、カルソーアースシューズ、あとは医療用とか厨房《ちゅうぼう》用とか工事現場用の靴もいい）が増えたので、「大きいですね！」と驚かれることはまだまだ多いけれど、それでもいい時代になったとしみじみと思うのである。

通販でXLファッション

私は、姿勢も悪く、歩き方もひどい。

座ったら絶対に大股開きになるし、歩き方はがに股でアニメになりそうなくらい変なので、「1キロ先でも歩き方を見れば、深澤とわかる」とよく言われる。

そのため、ふだんはパンツ、せいぜいロングスカートしかはけない。短いスカート（私にとっては膝下でも十分短い）では、座ることも歩くことも上手にできないからだ。

前述しているように、中学は制服だったがジャージで過ごし、高校は私服の学校をわざわざ選んでジーンズで通った。

大学生になり、就活の時期になった。

バブル期なうえにマスコミ志望だったので、「個性重視ということで、パンツスーツでもいいんじゃない？」と甘く考えていたが、伊勢丹のリクルートスーツ売り場で「女子学生向けのリクルート用パンツスーツはないし、たとえマスコミでもパンツスーツは絶対にダメ！」とベテラン店員に怒られてしまった。

しぶしぶ紺色で膝下丈のスカートとジャケットのスーツを買い、汚れが目立つからふだんは絶対に着ない白いブラウスと、大嫌いなストッキング（しかも肌色）、さらに履き慣れないパンプスと、本当に地獄であった。

膝下丈スカート＋白いブラウス＋肌色ストッキング＋パンプスというスタイルは、この時だけしかしていない。転職活動はパンツスーツでも問題なかったので、ほっとしたものだ。

DCブランドブーム

とはいえ、洋服やファッションが大嫌い、というわけでもない。

高校時代にはDCブランドブームというのがあった。コム・デ・ギャルソンやヨウジヤマモトやイッセイミヤケから、BIGIやPINK HOUSEやPERSON'Sまで、日本の衣料メーカーのデザイナーズブランドとキャラクターブランドのブームで、私もそのブームには乗った。

ただこの時代のファッションには、「きれい」「かわいい」だけでなく「奇抜」なものがあり、私が影響を受けたのは当然「奇抜」のほうであった。くるぶしまである黒いワンピースに、おじさん向けの古着のジャケット、頭は刈り上げ、というようなファッションがかっこいいと思っていたのだ。

私は一浪しているのだが、浪人時代にはこんな格好で予備校に通い、「あいつは大学に受かる気があるのか」と言われていた。

そのために前述したように、成人式には黒ずくめのファッションで行くことになり、結婚式にも民族衣装のような格好で出席してしまう。

そして48歳になった今も、ファッション観があまり変わらないままである。社会人なのであまり奇抜な格好はまずいとは思うのだが、気を抜くとすぐに変で楽な格好になってしまう。

中央線沿線によくある、エスニック洋品店などにふらふらと入ってしまい、タイの少数民族の衣装（しかも男性用）などを買ってしまったり、アジアによく行くので、現地でも民族衣装を買ってしまう。

そのため、本人は普段着のつもりでパーティに行ったのに、「なんの仮装をしているのですか？」と聞かれたり、「正直言って最初は、深澤さんは怪しい新興宗教の関係者だと思っていた」などと言われてしまうのである。

スタイリストの効果？

テレビに出始めたときも、洋服には本当に困ってしまった。無難なのはパンツスーツかなと、毎週のように私物のスーツを着ていったら、「深澤さん、スーツ以外でお願いします」とスタッフに言われてしまったのだ。

「ほかにはテレビに出られるような洋服はないんです」と訴えて、スタイリストがつくようになったのだが、これもまた難しいことになってしまった。

まずそもそも上半身のサイズがXL（13号）なので、選択肢があまりない。ちなみに下半身に至ってはXXL（15号）だが、スタジオ出演の場合は下半身は映らないことが多いので、これは私物のパンツをはいている。

スタイリストからは「どういう衣装がいいですか」と聞かれる。

「パステルカラーとか、赤とかピンクが苦手です」

「花柄とかハートとかリボンとかフリルとかレースも苦手です」

「冷え性なので、夏でも長袖がいいです」

「エスニックとか黒が好きです」という、NGが多いリクエストになってしまう。

「そんなリクエストは初めてです。サイズも大きいですし、あんまり素敵な洋服がなくなっちゃうんですけど」とスタイリストを本当に悩ませてしまい、一生懸命選んでくれるのだが、どうしてもお互いに納得がいかない。

そのためスタイリストの衣装を着るようになってからのほうが、「テレビの衣装があんまり似合ってないよ。スタイリストをつけてもらったら」と言われてしまうようになってしまった。

このままではスタイリストに申し訳ないので、それからは自分で自分のスタイリングをすることにした。

つまり自分が〝私服として着たい服〟を選ぶのではなく、〝テレビに出る中年女性文化人が着そうな服〟を選ぶわけである。

まず選んだのはカタログ通販だ。サイズ展開が豊富なのでXLもあるし、適当に流行を追おうとしているところと、適当に中年らしい感じがいいかなと思ったのだ。

このカタログを熟読して、まず「自分の好きな服」を排除する。なぜなら自分の好きな服のセンスがおかしいからだ。そして自分では着ない服だが、「中年太りの冴えない女性文化人が、ちょっとおしゃれして着そうな服」を選んで買ってみたのだ。

この自分で選んだ衣装を着るようになってから、「最近、スタイリストついた？」とかえって言われるようになったのである。

好きでもない服をほめられてもうれしくはないが、評判が悪いよりはいいだろう。そもそもテレビの女性出演者は、私のような冴えない中年であっても、何を発言したかよりも、何を着ているか、どういうルックスかを話題にされることが多いのだ。それもどうかと思うのだが。

女性誌には「40過ぎたら、本当に自分の好きな服がわかる」とか、「40代こそ、自分に似合う服が見つかる」と書いてあるのに、女オンチの私は、「自分の着たい服ではダメである」ことに気がついたことが、功を奏したわけである。

そういう意味でも「自分を知る」ことは大事なのかもしれない……。

女オンチと買い物

女オンチだからといって、買い物が嫌いというわけではない。

たとえばテレビの通販番組が好きだ。病気の時や入院したときなどは一日中見ている。疲れていても、なんだか見続けることができるのだ。

ネット通販もカタログ通販ももちろん大好きで、買い物はほぼ通販で済ませているくらいである。この数年、外での買い物は面倒くさくなってしまった。

通販の商品の特徴、それは「工夫」だと思う。「スリッパなのに裏がモップになっていて、履いて歩くだけで掃除もできる」とか「マフラーだけど、タオル生地でできているので汗も拭ける」などの「一台何役」という商品、「どんな汚れでもかき出すことのできるマイクロファイバー」とか「絶対焦げ付かないフライパン」などの「機能性」をアピールする商品も多い。

ブランド品には値段的に興味の持てないケチな私も、通販商品を見ていると、「それ、ほんとうに必要か？」「その機能使えるのか？」と思いつつも、ついつい買ってしまう。

成功することもあれば、失敗することもある。失敗してもなんだか笑ってしまうのが、通販商品の楽しみなのである。

デザイン的にはかなり難のある商品も多いのだが、面倒くさがりだけど、おもしろがりの私はとにかく「工夫」に弱いのだ。

考えてみると、家にある10万円以上の商品は、家電とかパソコンだけだ。そもそも家電とパソコンは「工夫」と「機能性」の塊《かたまり》なので、カタログでスペックを読んでいるだけでも楽しいのである。

トラベルジュエリーが5万円？

洋服やバッグや財布や靴やアクセサリーや時計なども、1万円前後のものがほとんどである。もちろん通販で買うことが多い。値段がそこそこで、まあまあの商品でいいのである。

古着屋で800円のスーツを見つけて、それを着てテレビに出ることすらある。

先日読んでいた通販カタログに、「トラベルジュエリー」という商品が出ていた。「本物のジュエリーを持っているけれど、旅先では盗難にあうかもしれないので、フェイクのジュエリーを持って行こう」というわけである。

「ふーん」と思って読んでみると、なんとネックレスが5万円もするのである。私だってもちろん、本物のジュエリーが何十万円も何百万円もするのは知っている。しかしそれにしても、5万円のジュエリーなら、盗まれてもいいということか。

私が持っている一番高いアクセサリー（とうていジュエリーと呼べる代物では

ない）は、3万円のネックレスである。

ミュージアムグッズが好きなので、海外の美術館で見つけたのだが、ユニークなデザインが気に入り（ユニークが好き、というのはださい人にありがちである）、高いと思ったけれど、勇気を振りしぼって買ったのだ。

普段のアクセサリーは、1万円以内でなければ買わないし、テレビに出るときのアクセサリーなどは、ネットオークションで落札したり、浅草橋のアクセサリーキット屋で買って作ったりする。原価1000円くらいのネックレスで、テレビに出ているのだ。

さらに、前述のようにものすごく適当に結婚をしたので、婚約指輪も結婚指輪も持ってない。アジアのアンティークの2万円の指輪が一番高い指輪である。シルバーなので、すぐ変色してしまうが、そのままつけたりしている。

しかも指が太くて、左手の薬指は18号。普通の女性は9号だというから、普通に指輪を買いに行っても私のサイズはなく、男性用の指輪になってしまう。

そして「大人の女性はパールのアクセサリーを一式持つこと」などと言われて

いるのも知っているが、もちろん持っていない。布で作ったというコットンパールは持ってるけど、本物のパールは持っていないのだ。

「パールがなくてお葬式はどうするの？」と聞かれることもあるが、そもそも葬儀には「パールのアクセサリーをつけていくこと」という決まりがあるわけではなく「アクセサリーをつけるならパールだけは可」というだけなので、葬儀にはノーアクセサリーで行けばいいだけである。

最近では、重いアクセサリーは年齢的につけていてしんどいので、「安くて軽くて手入れのしやすいアクセサリー」という基準で選んでいる。布製とか樹脂製のアクセサリーがよい。

「年をとったら本物を」とか「一生モノを持とう」と言われるけれど、たぶんこのまま「安物」を買い続けていくだろう。

だいたい、一生物に飽きたり、なくしてしまったらどうするのだろう、と思ってしまうのだ。

買い物の基準がある

「安くて軽く手入れがしやすい」というのは、今の私のすべての買い物の基準となっている。

バッグも、財布も、靴も、洋服も、アクセサリーも、時計も、この基準で選ぶと楽なのである。身につける物とか、持ち物が重いとつらいので、軽く、軽くを心がけている。

バッグや財布は、ポリエステルやナイロンがいい。

靴は革製でも、軽いウォーキングシューズを選ぶ。ナイロン製や布製の靴もいい。

アクセサリーや時計も、プラスチックなどを使った軽い物が楽だ。

洋服で重要なのは、「家で洗える」物を買うこと。

ドライクリーニング表示の物でも、ホームクリーニング用の洗剤（もちろん通販で買ったのである）を持っているので、家で洗えてしまう。

とくに冬物のコートは、重くない物が大事だ。寒い上に重いコートを着ていると疲れてしまう。コートも家で洗える物にする。これも結構上手に洗えてしまうのである。

これが女オンチなりに、あれこれ悩んでたどり着いた買い物術だ。

「安物買いの銭失い」なのかもしれないけど、「高物買いの銭失い」よりはましという発想なのである。

part

女オンチと女ゴコロ

女子のオキテ

自分が女オンチだと思うようになったのは、小3のときだったと思う。

それまでは女子同士でも、たとえば名字からとって「フカちゃん」などのあだ名で呼び合っていたのに、急に「マキ」と下の名前で呼び出す女子たちが出現し、彼女たちのことを「大人の女の人みたい！」とびっくりし、自分では下の名前で呼ぶことは難易度が高くてできなかったのだ。下の名前で呼べるようになったのは、高校に入ってからである。

そして小5の時に行われた「初潮教育」。

本をよく読む子供だったので、性にまつわることには詳しく、男子に精通、女子に初潮があることも、子供をつくる方法もすでに知っていたとはいえ、あらためて「生理って面倒くさそうだな」と思っていたら、周りの女子は「早く生理が来ないかなあ」と楽しみにしていて、「みんな大人だなあ」と感心したものである。

その後も、占いや恋話に夢中になる女子が増える中、私の周りにいるのは本や漫画や映画やアニメについて語り合う友達ばかりだった。今で言う〝やおい〟とか〝サブカル女子〟みたいなものだったと思う。

とにかくこじらせ女子の域にすら達していなかった。なにしろ、こじらせるほどの女子性すらもってなかったからだ。今で言う〝中二病〟だったと思う（48歳の今でもあまり変わらない）。

「音姫」のナゾ

女子のオキテに、私が心底驚いたのは高校1年のときだったと思う。女友達とトイレに行ったあとに、ふと私はつぶやいた。

「トイレに入った瞬間に水を流す人いるよね？　あれって前の人が流してないのかな」

「なに言ってるの？　あれは音を消すために流してるんだよ！　まさか深澤は、水流してないの？」と驚かれてしまった。

私の方がびっくりしてしまい、「え、音を消すってどういうこと？」と聞くと、「だから、用を足す音を聞かれたら恥ずかしいでしょ！」と返される。

えーっ、なんて面倒くさいんだ！　と衝撃を受ける私。

「深澤って、物知りのわりに変なこと知らないよね。これからはちゃんと流しなよ！」と友達にはだめ出しをされてしまった。

〝用を足す音が恥ずかしい〟という概念は、私には、本当に、全く、なかった。もちろん今もない。

その後、トイレの音消し製品である音姫が、ＴＯＴＯで１９８８年に開発されたのだ。

「音を消すだけのために水を流すのはもったいない」と思って、水を流していな

忍法 気配消しの術

かった私も、これには感心した。

しかし今でも音を消したいとは思っていないので、用を足すときには音姫のボタンを押すのは忘れてしまう。それなのに用を足した後に、水を流すボタンと間違えて音姫のボタン押してしまう、という無駄な動きをしてしまうのだ。

ちなみに音姫はやはり日本だけで使われている製品だそうで、ＴＯＴＯの公式サイトにはこんな記述があった。

「日本女性の心理としてはトイレに入ったら自分がいる気配自体を消したいらしい。となると、便座に座ったら音が流れるというよりも便ふたの開け閉めや後始末まで考慮しようと。」

というくだりには、「気配を消したいって、忍者か……」と、感嘆すらしてしまった。

生理用品

もったいないと言えば、「生理用品を買うときに中身がわからないように、お店でわざわざ紙の袋に入れてくれ、さらにレジ袋に入れる」という習慣も、1980年代くらいにはじまったように思う。

生理用品以外にも、コンドームとか性にまつわる商品は、みな同じ扱いである。海外では生理用品を買っても、袋にすら入れてくれないこともあるので、この習慣も日本だけだと思う。

私はゴミが増えるのが面倒なので、エコバッグなどが登場する以前から、不要な紙袋はもらわないようにしていた。仕事柄大きいバッグを持っているので、だいたいの買い物はそこに入れてしまうのだ。

なので、生理用品だろうと「袋はいりません」とレジで言う。そうするとかなりの割合で、紙袋には入れてくれようとする。つまりレジ袋だけを断ったと思われているわけだ。

そこで「紙袋もレジ袋もいらないので、裸のままください」と言うようにすると、それはそれでぎょっとされたりする。

そもそも初潮教育の時から「生理が始まったら、生理用品はポーチに入れて、男子の目に触れさせてはいけません」ということを言われていたものである。

生理用のショーツにドラえもんみたいなポケットがついていて、「ここにナプキンを入れれば、交換するのも気づかれない!」という商品も売っている。

ただでさえ面倒くさい生理なのに、なぜそこまでやらなくてはいけないのかと、うんざりしてしまうのである。

「トイレのゴミ箱」のナゾ

女性向けサイトでこんな記事を読んだ。

「生理用品の処理、訪問先ではどうする？ 知人の家や恋人の家では〝持ち帰る〟派が多数」「親しい友人の家では使用済み生理用品を持ち帰る人は約4割であるのに対し、知人の家や恋人の家では大多数が持ち帰る」のだそうだ。

うーむ。これも日本の女性だけが悩んでいそうな問題ではある（ちなみに赤ちゃんの紙おむつについても、この問題を聞くことは多い）。

親しい人の家ですら、4割もの人が使用済みの生理用品を持って帰るというのはちょっとびっくりだ。自宅まで持ち帰るのではなく、途中の駅のトイレなどのゴミ箱に捨てているのではないだろうか。

私の場合は、トイレにゴミ箱がある家ならそれを使って、「生理中なのでゴミ箱を使いました、お手数をおかけしてすみません」と言うことが多いが、それを言いにくい関係の人もたしかにいる。

ちなみにトイレのゴミ箱のことを〝汚物入れ〟と呼ぶことがあるが、いやな言い回しである。こういう呼び方が余計にプレッシャーだ。

そもそも、使用済みの生理用品だけがことさらに汚物なわけではなく、ゴミはみな等しくゴミである。最近ではサニタリーボックスと呼ぶことも多いけど、単純に〝トイレのゴミ箱〟と呼べばいいと思う。

生理の思い出

生理のゴミについては、こんな思い出がある。

私が最初に働いた出版社は5階建ての小さな自社ビルで、各階の階段の踊り場に男女兼用の和式トイレが一つずつあった。男女兼用で和式トイレというだけでも十分憂鬱なのに、驚いたことにどの階のトイレにも個室のゴミ箱がないのだ。

そのビルにいる女性社員は、私と同期入社の女性の二人以外はみな40〜50代であった。当時23歳だった私は「まさか女性の先輩たちはみんな閉経しちゃったのか？」と思ったり、「もしかして男性社員に変態がいて、生理のゴミをあさるとか」とワケのわからない妄想すらしてしまっていた。

とはいえ、自分の次の生理もそろそろである。勇気を出して先輩女性に「どうしてトイレにゴミ箱がないんですか？」と聞いてみた。

すると、答えは拍子抜けするようなものだった。小さなビルなので業者に清掃を頼むほどではないと、近所に住む女性に長年お願いしていた。「その女性に処理をさせるのは申し訳ない」と女性社員たちが遠慮したため、トイレにゴミ箱を置かないというのだ。

「じゃあ、みなさんはゴミをどうしているんですか？」と聞くと、「水に流せるナプキンを使っている」（今でもこの商品はある）という人、「1階にある大きなゴミ箱まで運んで捨てている」という人などいろいろだった。

たしかに、清掃担当の女性はとてもいい人で私も好きだったが、彼女に迷惑をかけないようにきれいに捨てればいいだけだろう。

「とにかく生理のゴミは、トイレで捨てたい！」といろいろ調べて、ついに紙製の使い捨てゴミ箱を見つけた。

なにしろ当時はインターネットもないので、いろいろな店を回り、さらにメーカーに電話で問い合わせてやっと見つけ出したのだ。

「これを使えばどうでしょうか？」とそのパンフレットを見せると、「使い捨てだともったいないわね」と、「じゃあ5階のうち1カ所のトイレにだけゴミ箱を置きましょう」ということになった。

清掃担当の女性に、「こういう経緯でトイレにゴミ箱を置きますが、きれいに使いますのでお願いします」と伝えると、「実は私もどうしてトイレにゴミ箱がないのかずっと不思議だったのよ。私に遠慮しているとは思わなかったわ。それが仕事なんだから遠慮なんていらないのよ」と言ってくれたのであった。

20年ものの子宮筋腫

さて、私は20代の終わり頃から子宮筋腫を抱えている。大小で13個もあるかなりでかいシロモノなのだが、何人かの医者とも相談したりいろいろ考えた結果、手術をしないままにしている。

私の場合、子宮筋腫の症状で困っているのが、生理前に憂鬱になってしまうPMS(月経前症候群)、生理痛、便秘、頻尿、腰痛、そしてなにより出血が異常に多いということである。

そのために、11歳で初潮を迎え38年たった今でも、「漏れた!」ということがよくある。

さすがに情けない思いをするけれど、それ以上にシーツに漏れたときなどの応急処置が面倒くさい。そこで血の処理方法をいろいろ試した結果、アルカリ電解水で叩き洗いするのが楽できれいになることがわかり、少しだけ楽になったのである。

そして通販カタログ（ベルメゾンとか）には、生理の漏れ防止のための様々な商品が載っており、これがなかなかよくできているので、あれこれ愛用している。

生理はたしかに面倒くさい。でもそのゴミやら失敗やらで気を遣いすぎると、もっともっと面倒くさくなってしまう。

私は女オンチなうえに面倒くさがりなのだが、一方では工夫するのは苦にならないので、それでなんとかしのいでいるのだ。まあそろそろ閉経だし、それまでの辛抱である。

「女子力が高い」ランキング

とあるランキングサイトで、「これができていると「女子力」が高いと思うことランキング」という調査を見た。

1位…一年を通してムダ毛処理を怠らない
2位…座っている時の足は常に揃《そろ》った状態
3位…着る服に合わせてメイクを変える
4位…浴衣の着付けができる
5位…飲み会の時さりげなく皿を片付ける
6位…ブラとショーツは常にセット

7位…ポケットティッシュ・ウェットティッシュを常に携帯している
8位…カバンの中には裁縫道具
9位…定期的にネイルケア
10位…部屋着にも気を抜かない

もちろん私は一つもできていない。

10位…部屋着にも気を抜かない
↓着古してシミやほつれがある、楽なシャツやパンツで過ごしているので、宅配便すら受け取れないレベル。夏だと冷房が苦手なので、パンツ一丁のこともしばしば。
9位…定期的にネイルケア
↓ネイルどころかメイクもしない。
8位…カバンの中には裁縫道具

↓持っていないどころか、我が家で裁縫をするのは器用でまめな夫である。靴下の穴とか、ほつれたパンツとか繕ってくれて、ほんとにありがたい。
7位…ポケットティッシュ・ウェットティッシュを常に携帯している
↓ティッシュも持ち歩かないことが多い。これも夫の方が持っているので、よく借りる。うちの夫は、少なくとも私よりは女子力が高い。自分で弁当を作ったりするし。
6位…ブラとショーツは常にセット
↓ブラ自体をしていない。
5位…飲み会の時さりげなく皿を片付ける
↓皿の片付けは邪魔だと思ったらするけど、サラダのとりわけとか、醬油の小皿を回すとかはしない。体の動作が雑すぎて、こぼしたりしがちなので、余計なことをするとかえって迷惑をかけるのだ。
4位…浴衣の着付けができる
↓そもそも左前が自分から見てどちらかよくわからないので、ちゃんとした浴衣は着たことがない。旅館の浴衣は着たことはあるが、寝相が悪くて脱げてしまう。今は宿泊するときはトラベルパジャマというものを持参している。
ちなみに着物は、編集者時代に出席した作家の結婚式が「着物参加」だったため、そのときに1回着ただけ（成人式はすでに書いたように黒い服で参加）。そのときにものすごく大変で疲れたため、もう着ないと思う。民族衣装ならアジアの物が楽でいい。
3位…着る服に合わせてメイクを変える
↓そうか、服に合わせるメイクというのがあるのか。
2位…座っている時の足は常に揃った状態
↓年中広がってる。テレビに出ていても広がっているので、録画を見返してあまりの広がりぶりに自分でびっくりする。
1位…一年を通してムダ毛処理を怠らない
↓一年を通してムダ毛処理をしない。

女オンチのムダ毛処理

そう、私はムダ毛処理すらしないのだ。

最近はアンダーヘアまで処理するというのは知っているのだが、私は脇毛すら剃《そ》らない。

もともと体毛が薄いのと、アトピーで肌が弱いので、カミソリ負けや、脱毛クリームかぶれをしてしまうのだ。若いときはそれでも無理して処理したことがあるが、本当に痛くてつらかった。

「永久脱毛がいいよ」と言われるが、レーザーは痛そうだし、施術の体勢はつらそうだし、そもそも美容院すら面倒くさい私が、脱毛のためにエステに通って、時間とお金をかけるなんて無理というものである。

だからといってもちろん、脇毛が生えた状態をひとさまにお見せするわけではない（ヨーロッパやアジアでは脇毛バーン！という女性も見かけるけど）。冷え性だし、日光に弱いということもあり、どんなに暑くても長袖を着ているのだ。

水着ですら、袖付きを着ている。

すね毛もちょっと生えているが、これも年中ハイソックスをはいているので、処理しなくてすんでいる。

顔の産毛

メイクをしない私が、テレビに出て毎週メイクするようになって知ったのは、顔にはけっこう産毛が生えているということである。

うっすらとしたヒゲや眉の間の毛でも、メイクにはけっこう邪魔になることがわかったのだ。

とはいえ、顔剃り用のカミソリは怖い。

いろいろ調べると、眉を整える電動カミソリがよさそうなので、ネットで100円くらいの商品を購入し、テレビのメイクをする日には、これでヒゲなどを剃るわけである。あまりひりひりしないし、けっこうよい。

ためしにこれで脇毛やすね毛を剃ったら、あんまり痛くないし、私の毛量だとこれで十分なようだ。もしムダ毛処理の必要があれば、これを使えばいいとわかってひと安心だ。

女オンチなりにできることがあると、ほっとするのである。

風呂好きの温泉嫌い

脇毛を剃らないなら、「温泉ではどうしてるの？」と聞かれることがある。温泉は、脇毛が生えていてもそのままである。ちょっと脇を締めるという、意味のない工夫はしている。

さて温泉といえば、最近気がついたのだが、私は温泉が苦手なようだ。なぜ最近まで気がつかなかったかといえば、風呂そのものは好きなのだ。アトピーでもあるし、毎日風呂には入る。

夏でもシャワーじゃなくて、湯船につかりたい。海外のホテルで、バスタブがない部屋だとがっかりしてしまうくらいだ。

そもそも、いやなことがあったら「やけ酒・やけ食い」よりも「ふて寝・ふて

ふてね

ふてぶろ

風呂」をしよう！　と何度も書いているくらいなので、風呂というか、湯船推奨派なのである。湯船にだらだらつかって、通販カタログなんか読んでいると至福だな〜と思う。

温泉が苦手な三つの理由

ではそんな私がどうして温泉が苦手なのかといえば、理由は三つある。

ひとつめは、温泉の効能が効き過ぎてしまって、湯あたりしてしまうことがよくあるのだ。15分も浸かっていたらぐったりしてしまって、そのまま部屋に戻って朝まで寝てしまったことすらある。

そもそも、私のようなアトピーやらアレルギーなどを持つ虚弱体質中年は、自己判断で入らない方がいいのかもしれない。

二つめは、「着替える」という行為が苦手で面倒なのである。家で着替えをするのですら、面倒くさい。帰宅しても着替えるのが面倒くさいので、仕事用のスーツを着たまま料理を作ってスーツを汚してしまったり、などという非常にくだらない失敗をよくする。

起きてからも、パジャマを着替えないままパソコンに向かい、数時間仕事してしまう、ということもよくある（外に出ない日なら、一日中パジャマだ）。

まして、外で着替えをするなんて本当にうんざりだ。たとえばスポーツジムにわざわざ着替えを持って行くのが面倒だし、洋服からスポーツウェアに着替えて、スポーツしてシャワー浴びて、また着替えて、汚れたスポーツウェアを持って帰る、と書いているだけで疲れる。洗濯物もやたらに増えるし。

しかも濡れた体を拭くのが、とてもヘタなのだ。濡れた髪の毛もブローができないのでタオルでさっと拭くだけ。

髪が長かった頃は、家でも夫に「まだ濡れてるよ！」とよく怒られていたものだ。子供の頃から親に言われていたのに、ずっと改善できないままだ。

さらに温泉の場合は、浴衣が苦手なので、どの服を着て部屋と温泉を往復するかで悩み、「貴重品は持って行くべき？」と持ち物に悩み、鍵を一つしかくれない宿の場合は、「じゃあ先に出た方は休憩室でね」とか約束したらすごく待たされたりと面倒くさい。結果、「私、部屋風呂に入るから温泉行かない」と戦線離脱してしまうことも、ままある。

他人の裸は見たくない

そして三つめの理由は、最近自分でも認識したのだが、「私は、他人の裸を見るのも、自分の裸を見られるのも、苦手なのだ」ということだ。

よく外国人が「なぜ日本の風呂は全裸なのだ！」と驚き、日本でも「最近の子供は、温泉で恥ずかしがって水着を着たがる」と言うけど（これは私が子供の頃から言われていたことである）、私もそれにまったく同感なのである。

裸とは、現代人にとっては究極のプライベートである。

それをなぜ、同性とはいえ、お互いの全裸を見せ合わなければいけないのか、と思ってしまう。

まったくの他人の裸を見るのも抵抗があるけれど、社員旅行なんかも困る。隣の部署のよく知らない女性なのに、なぜか裸を見てしまうのである。女友達同士でも苦手だし、家族や親戚も絶対に避けたい。

そもそも裸のつきあいだけでなく、スキンシップも得意ではない。洋服を着ていても、同性であっても、体に触られると、「ちょっとやめて〜」となってしまう。女同士で手をつなぎたがったりする人には、「私は、そういう習慣がないのでごめんね」と謝ったりする。

私にとって、いっしょにお風呂に入っても、体に触っても違和感がないのは、28年一緒にいる夫くらいのものである。それ以外の人は難しい。

女オンチな私は、自分の体も他人の体もどう扱っていいか、よくわからないのだろう。

日本の公衆浴場や温泉も、海外みたいに水着で入ればいいのに、と思う。

実際、多くの国では(ドイツは全裸が多いらしいが)、温泉は水着で入るので気楽である。日本でも水着着用の温泉は少しずつ増えてはいる。男女一緒に入れるし、海外の人も入りやすいし、よいと思うのだ。

全裸になるのは部屋風呂だけでいいし、体を洗うのも部屋風呂とかシャワーブースですればいいと思うんだけど、それだと温泉気分にならないのだろうか。

占いと女オンチ

「そういえばフカサワさんは何座で何型ですか?」

「魚座でA型です」

「じゃあダンナさんは?」

「知らないです」

「えっ? 大学時代から付き合ってるんですよね」

「そうですね、でも知らないというか覚えてないですね」

この会話のあと、相手があまり親しくない人だったこともあって、「そんなに長く付き合ってて、相手の星座と血液型を知らないなんてあり得ない」と、「フカサワ偽装結婚説」が流れたそうである。偽装結婚なら、むしろ星座と血液型は設定して覚えておくだろうとは思うが。

カウンセラーみたいなもの?

そう、女オンチの私を苦しめる「占い」。

小学生の時に、女子の間で占いが大ブームになった。魚座の性格は、「直感型で空想家、他人に同情的で思いやりがある。神秘的で繊細で、ミステリアスなロマンチスト」と書いてあるのを読んで、子供心に「ぜんぜんあてはまらねえ……」と思ったものだ。

とはいえ子供だったので、オカルト的なものに興味はあった。実際、「1999年7月に地球は滅亡する」という「ノストラダムスの大予言」はけっこう信じて、「自分は32歳で死ぬんだなあ」と思ったりしていた。

でも「星座占い」は、そこまでドラマチックではないため面白くなかったのだ。

大人になればみんなが星占いなんて卒業するのかと思ったが、「すっごく当たるいい占い師がいるんだけど、紹介しようか」という情報は、48歳になった今でも友人知人から寄せられ、「へえ、そうなんだー」と生返事をする羽目になる。

古今東西、政治家や経営者であっても占い師に頼ることがあるらしいし、たぶんカウンセラーみたいなものなのだろうと、今では思えるようになった。

しかしカウンセリングも苦手な私としては、よく知らない人に自分の事情は話したくないし、よく知っている人にだって、そんなに自分の事情は話したくない。

なにかが起こったら、誰かに相談するよりも、じっとしているほうが楽だからだ。

血液型占い

もちろん「血液型占い」も苦手で、しかもこれは星占い以上に日常会話に登場する。

占星術や四柱推命は他の国でも人気だが、血液型は日本だけの特殊な人気である(韓国では、日本の後追いでブームになったようだ)。たった四つのタイプで人を判断するという乱暴な占いだが、血液型の分類は、ABO型だけではなく、なんと300種類もあるという。なぜ赤血球のタイプを表すABO型だけで、人間を判断できるというのだろう。

実際テレビ界でも、放送倫理・番組向上機構(BPO)の青少年委員会は2004年にテレビ局に向けて『「血液型を扱う番組」に対する要望』を発表して、「科学的な根拠が解明されていないにもかかわらず、血液型で人を分類できるかの様に放送するのは社会的差別に通じる危険がある」と言っているくらいだ。

しかし今でも仕事の場であっても「あいつは□型だから、○○なんだよな」と聞くことは多い。これには「占いはカウンセリングのようなもの」とは思えないし、大人げないとすら思う。

こう言うと、「おまえも草食男子と言って、人を草食か肉食かで判断しているじゃないか」と言われるが、もともとは「イマドキの若者とおじさんのコミュニケーションを助けるため」に、男子の生態を紹介した一つとして「草食男子」をほめ言葉としてつくったのだ（いい意味で名付けた草食男子が、若者叩きに使われてしまったことは申し訳ないと思っている）。

とはいえ私は星座や血液型では人を判断しないのだが、その人の出身地とか職種で「◇◇だからこういう人なのかな」と判断してしまうこともあるし、人を分類するという意味では、人のことは言えないのだろう。

さて、その後「事故にあったときに困るから」ということで、夫の血液型は覚えることにした。

夫の方はもともと、私の星座も血液型も干支《えと》も覚えているようだが、いまだに夫の星座と干支は覚えられない。誕生日は知っているので、ネットで調べればすぐわかるし、まあいいかなと思っているのだ。

「印鑑」「方角」「厄年」

占いが苦手な私は、験担《げんかつ》ぎのたぐいもあまり得意ではない。

独立して会社を作るときに、「はんこはどうするの？」と心配する人が何人もいたのだが（そんなにはんこを重視する人が多いことに驚いた）、「ネットで3本で1万円というのを見つけたので大丈夫です」（法人実印、銀行印、角印の3本が必要なので）とバカ正直に答えてしまった。

そのため、「はんこがいかに大事か」「安いはんこでは会社にとっていかによくないか」をとうとうと説かれ、「私のおすすめのはんこの先生がいて、100万円が70万円になる」と言われたりしたが、丁重にお断りした。

事務所を設立するときも、「方角を見ないと大変なことになるので、先生を紹介する」と言われたが、こちらもお断りをした。

3本1万円のはんこで、方角も見ないで設立した弊社だが、17年たってもつぶれてはいない。もちろんいいはんこを作ることや方角を見ることで安心できる人はいいとは思うのだが、「それをやらないとうまくいかない」という呪いを他人にかけるのはどうかと思う。

大厄は語呂合わせのおやじギャグ

30歳になるころには、まわりの女性たちが一斉に「厄年が」と言い出した。私はバブル世代で、自分自身は地味な青春を送っていたが、まわりで派手な青春を送っていた女友達が、「厄年」などという古くさいものを気にすることにとても驚いた。

「女は数えで33歳が大厄」とかいうのだが、そもそも数え年がわかりにくいし（昔は生まれたときに1歳で、そこから正月になると一斉にひとつ年をとっていたので、誕生日が来て満32歳になる人が当てはまる)、前厄、本厄、後厄と3年もある。

先輩女性たちは「厄年の頃にはいろいろあった」と言うのだが、そりゃあ「30代前半の3年の間に、いろいろなことがない女性」の方が少ないだろう。

さらに、女の大厄の33歳は「さんざん苦労する」の語呂合わせ、男の大厄の42歳は「死に」の語呂合わせなのでそんなおやじギャグのようなものをいちいち真に受けてはいられない。

振り返ってみると、私の大厄の3年間(31歳~33歳)には厄払いもしなかったが、独立したり、どちらかというと人生がうまくいっていた時期だったなと思う。

そのあとの35歳以降の方が大変だったが、「それは大厄に厄払いしないから、厄が繰り越されたのよ」と真顔で言う人もいたりと、厄を気にする人は本当に面倒くさい。

宗教的にいい加減でいい!!

ただ私は、神社仏閣などの宗教施設には、日本だけではなく海外でもよく訪れるし、好きなのだ。

パワースポットというよりは、建物好きとして行っているのだと思う（もちろん信仰の場なので、失礼のないように行くが）。

とくに面白いのは、イスラム教の宗教施設である。トルコとか、マレーシアとか、かつてイスラム教徒に支配されていたスペインなどによく行くのだが、イスラム芸術の宝庫である。イスラム芸術は、アジアとも西洋とも違う美意識で、とにかく精緻で豪華で美しい。

ことにマレーシアの場合は、多民族国家ということもあり、マラッカやペナンなどの古都では、一つの通りに、イスラム教のモスク、ヒンズー教の寺院、中国寺院、キリスト教の教会などが並んでいていろいろな宗教が調和しているので「ハーモニー通り」と呼ばれている。

私は年末年始をマレーシアで過ごすことがあるので、初詣にこれらの宗教施設を全部巡り、ものすごくたくさんの神様に新年のお願いをすることになる。

「日本人は、神社に初詣して、クリスマスをやって、結婚はキリスト教式で、葬式は仏教でと、宗教的にいい加減」だと批判されるが、そういういい加減さは嫌いではない。それは寛容さでもあると思うからだ。

「科学的なフリ」をしているもの

霊感とか超能力、みたいなものも100％信じないわけではないが、まあほとんどは脳の錯覚なんだろうと思う。

宇宙人だって、この広い宇宙に地球人しか生命がいないはずはないと思うので、存在しているとは思っている。なんたって私はSFが大好きで、編集者としてSF小説の担当をしていたこともある。

ただ、わざわざこんな遠い地球には来ないいんじゃないかな〜、来たならもっと

33《さんざん》苦労、42《死に》通じる
オヤジ
ギャグ
89《やく》年は56《ごろ》合わせ

わかりやすく表明するんじゃないかな〜と思ってしまうのである。

「厄年なんて、おやじギャグの迷信ですよ」「霊は脳の錯覚でしょ」「UFOじゃなくて光の乱反射じゃないかな」などと真顔で言い切ってしまい、場をしーんとさせるのはやめたいと思う一方で、「いや、ここできちんと言っておかねばダメだ！」とも思ったりして、いまだに悩むところなのである。

真っ黒な部屋

黒いランドセルに憧れて

小学生になるのは楽しみだった。自分の机や筆箱やノート、そしてランドセルがもてるのもうれしかった。

ただ問題は、私が「赤」という色が苦手だったということだ。

当時から、男女ともに黒いランドセルという私立の学校はあったので、「私も黒いランドセルがほしい」と訴えたが、公立の小学校では浮きすぎるということで、親に相手にされなかった。

それどころか、ランドセルだけでなく筆箱にまで赤を選ばれ、小学校に上がる喜びがだいぶ減ってしまったことを今でもよく覚えている。

今は公立でも、女の子が水色や緑のランドセルを背負っているのを見かけ、「いいな、かわいいな」と、うらやましく、ほほえましく思う。

一方で中学の学生カバンは女子でも黒だったので、これはうれしかった。本革で黒い学生カバンは、無骨でかっこよかったし。

1970年代の私の中学時代は、不良やツッパリブームでもあったので、学生カバンの芯を抜き、さらにお湯をかけたりしてつぶすのがかっこよいとされていたが、私としてはつぶすのはもったいないと、でかくて重いカバンを3年間愛用したものだ。

20代に暮らした部屋は「暗室」だった

赤よりも黒が好き、というのは少女時代も今も変わらない。

バブル期は前述したように黒が流行していたので、私はそのブームにも全面的に乗った。

身につけるものだけでなく、家具やカーテンやベッドカバーなど、なにもかもを黒でそろえたくらいである。20代女性の部屋なのに、どこを見ても真っ黒で「ここは暗室……?」と聞かれるほどだった。

当時から一緒に暮らしていた夫は、赤が好きだったのだが、「部屋に赤いものがあるのだけは無理」と訴えて、真っ黒にしていたのだ。

あの真っ黒な部屋は、今思い出すと本当に変だった。30代になったときに、やっと「暗すぎる」と気がつき、今は茶と緑を中心の色使いになっている。

ポケットがたくさんほしい

ピンク、暖色系、パステル系、レース、ハート、花、キラキラ、すべて苦手である。そしてこれらが苦手だと、女性物の選択肢は一気に減ってしまう。

しかも女性物は作りが華奢《きゃしゃ》である。すべてにおいて雑な私が使うと、女性物はすぐにだめになってしまうのだ。

そのため今でも私の持ち物には、男性物が多い。

たとえば洋服にはもっとポケットがほしいのだ。男物のジャケットとかパンツって、カバンみたいにいろいろ入って本当にうらやましい。

あれこれ詰め込んだバッグを持ち歩くよりも、財布とケータイをポケットにつっこんで、手ぶらのまま出かけたいのである。

モア
ポケット!

仮面ライダーになりたかった

天地真理仕様のピンク自転車

1967年生まれの私は仮面ライダーやウルトラマンや戦隊シリーズ世代であり、弟がいることもあって、幼稚園時代からライダーごっこなどをして遊んでいた。これらのヒーローは憧れの存在だったのだ。

自転車メーカーのブリヂストンにはドレミという子供向けの自転車があり、男の子向けの仮面ライダー仕様の「サイクロン自転車」には、カウルやらライトやらがついていて、それはそれはかっこよく、心底ほしかったものだ。

しかし「サイクロンがほしい」と訴える私に買い与えられたのは、同じドレミでも天地真理《あまちまり》仕様のピンクの自転車……。いやたしかに天地真理は当時のトップアイドルだったし、私も好きだったが、しかし、サイクロン自転車のかっこよさに比べたら……。

しかも当然のように弟にはサイクロンが買い与えられ、仕方なくこっそりと弟の物を乗り回したものである。

この自転車の恨みを忘れることはできず、高校時代には自転車通学のために、念願叶って10段変速付きのブリヂストンのロードマンを買ってもらい、それはそれはうれしかった。私服の高校だったのでジーンズで、スポーツサイクルで通学できたのだ。

その後も原付バイクの免許、さらに中型二輪の免許も取ったが、これもすべては「仮面ライダー」の影響だろう。

最近は大人向けに仮面ライダーの変身ベルトが売られていて、心底「欲しい！」と思うのだが、太った中年女がライダーベルトをまいて変身ポーズをするのもさすがにどうかと思い、仕方なくあきらめている。

そのかわり、マジンガーZのDX超合金は買ってしまった！　3万6750円とけっこうな値段であったが、秘密基地までついていてとてもかっこよく、我が家のリビングに飾られている。

これも子供の頃は女の子用の人形を与えられ、超合金を買ってもらえなかった恨みを今頃晴らしているのである。ここ数年で一番うれしい買い物であった。

さらにウルトラマンの変身バッジセットも買い、ケータイのストラップ代わりに使ったり、ペンダント代わりに首にかけたりして、かっこよくてほんとうにうれしい。好きな物が買えるようになって、大人になってよかったな、としみじみと思う。

オタクの国に生まれた幸せ

私の「少年趣味」は、ライダーなどの特撮や少年漫画、『宇宙戦艦ヤマト』や『機動戦士ガンダム』などのアニメなどが大きく影響していた。

少女漫画世代でもあるので、『キャンディ・キャンディ』なども好きだったが、しかしそれ以上に、私の日常は、特撮とアニメとマンガ、さらにはミステリやSFや刑事ドラマや時代劇などに支配されていた。

ことにファーストガンダムをリアルタイムで見たためにがっつりとはまってしまい、中学時代には3000円以上もする設定資料集などの関連書籍を次々と買い込んではそれを読み込み、シャア少佐がデカデカとプリントされたトレーナーを学校に着ていき「これはワンポイントです」と言い張ったりしていた（校則でワンポイントまではOKだった）。

今でも、仕事中のBGMはガンダムをかけることが多い。『シャアが来る』などを一緒に歌っていると、非常にテンションが上がるのである。

戦う女になりたい

「子供時代、仮面ライダーになりたくて、さらにガンダムにはまった」と言うと、「男の子になりたかったんですか？」と聞かれることがある。

うーん、どうだろう。

女オンチであるばかりではなく、男オンチでもある私は、男になりたいというより、「何かと戦う存在」になりたかったのだと思う。そして、「女はこうあるべき」という枠に入るのが苦手なのだ。

当時好きだったものは、アニメやマンガや特撮以外にも、探偵もの（『少年探偵』ものや、松田優作の『探偵物語』）、刑事もの（『太陽にほえろ！』や『大都会』シリーズ）、時代劇（大河ドラマや『必殺』シリーズ）などだった。

とはいえ残念なのは、これらの作品では女子にはアシスタントのような役ばかりが与えられていることであった。

少女ものというと『魔法使いサリー』などの魔女ものはすでにあって、好きだったがちょっと物足りなかった。『キューティーハニー』はかっこよく戦っていたが、エロすぎて我が家では視聴禁止であった（同様に峰不二子がエロすぎて、『ルパン三世』も見せてもらえなかった）。

私より後の世代なら、『美少女戦士セーラームーン』や『プリキュア』シリーズなど、「戦う女子」ものもいろいろあるし、戦隊ものなどの女子の役回りもアシスタント以外にもいろいろ増えたので、うらやましく思う。

戦う女のミステリが登場した90年代

男の主人公ばかりだったミステリの世界でも、90年代には「4F」と呼ばれるジャンルが流行した。

4FのFはFemale（女性）で、作者も主人公も訳者も読者も女性というミステリで、海外の代表作はP・D・ジェイムズ『女には向かない職業』（小泉喜美子訳）、サラ・パレツキー『ダウンタウン・シスター』（山本やよい訳）、スー・グラフトンの『キンジー・ミルホーン』シリーズ（嵯峨静江訳）、そしてパトリシア・コーンウェルの『ケイ・スカーペッタ』シリーズ（相原真理子訳）など、国内でも桐野夏生の『村野ミロ』シリーズや柴田よしきの『村上緑子』シリーズなどが有名だ（こちらは訳者がいないので、3F）。

これらのミステリの登場はとてもうれしかった。戦う男のアシスタントではない、「自ら戦う女」が登場するようになったからだ。

オタクの妻

さて、世間には「オタクの夫と、それに興味のない妻」というケースは多いが、我が家は妻の私がオタクで、夫は興味がないわけではないがオタクというほどでもないので、マジンガーZなども「ほんとに買うの?」とあきれていたが、「私が子供時代、いかに欲しい物を買ってもらえなかったか」を延々と語るので、「いやいいんだけど、けどさ〜」とあきれられる始末である。

おもちゃ屋に行くと、最近はラジコンやらフィギュアなどもものすごく進化していて、欲しいものばかり。いつかリタイヤしたら、コレクションルームをつくり、これらのグッズを買い込んで飾るのが夢なのである。

「深澤さんの夢は何ですか?」と女性誌のインタビューで聞かれ、ついつい熱くこれらを語ってしまっても、それが採用されることはない。

変
身!!

それでも、「日本というオタクの国に生まれてよかったな」と、しみじみと思ってしまうのだ。

part

4

女オンチの
人づきあい

教わるより教えたがり

お稽古ごとの憂うつ

女友達に誘われて困ることがいくつかあるのだが、その一つがさまざまなお稽古ごとの体験入会である。

ヨガなどの体を動かす教室、お花やお茶などの和のお稽古、陶芸などの何かを作る教室、語学教室などなど。楽しそうだなと思わないでもないのだが、基本的には断ってしまう。断り切れずに行くこともたまにはあるが、そこで正式に入会することはない。

私は「人に教わること」が苦手なのである。

とはいえ、学生時代は学校は好きな方だったし、先生とも仲がよかったと思う。

小学校・中学校時代は成績もよくて、いろいろな委員もやっていたので「優等生」だった。高校生になると急激に成績が下がったが、「劣等生」という経験もおもしろかった（数学で5段階評価で一番下の「1」をとったときは、なんだか感動さえしたものだ）。

大学では4年間で優が三つしかないうえに、英語の単位を落としかけて、卒業式の2日前まで卒業が決まらないという綱渡りぶりだったが、まあ楽しい学生生活だったと思う。

しかし、就職したときにうれしかったことは、「これでもう学生に戻らなくてすむ」ということだ。今まで一度も「学生時代に戻りたい」と思ったことはない。

たしかに社会人になってからの方が、学生時代よりもつらいことや大変なことも多いのだが、だからといって学生時代に戻るのは面倒くさいのだ。「仕事を辞めて、勉強し直す」という人にも感心してしまう。

私が、学校やお稽古などが苦手なのは、「いまさらお金と時間を使って、誰かにモノを習うのがもったいないし面倒くさい」という、「女オンチ」というよりも、さらにダメな感じの理由なのである。

仕事のための教室

それでもお金を払って通った教室もいくつかある。

ひとつは、写真教室。最初に就職したのが小さな出版社で、カメラマンを雇う予算がなく、自分で写真を撮るしかなかった。

当時はデジカメではなくフィルム式の一眼レフで、自分で露出などをはからなければいけなかったため、「これは学校に通うしかない」と半年通った。今でこそ趣味で写真を嗜《たしな》む女性は多いが、25年前だったので生徒は中高年男性が多く、不思議な空間であった。

もうひとつは、デザイン教室。これも自分でちょっとしたデザインをする必要があり、やはりデジタル時代ではなかったので、紙の上でデザインの指定をするという勉強をした。

どちらの教室も友達を作るというよりは、もくもくと技術を習う感じで、社交が苦手な私にはちょうどよかった。

当時はバブル期ではあったが、小さな出版社だったので「教室に通っていいけど、自腹で行ってね」と言われ、少ない手取りで自活している身にはきつかったが、これは今でも仕事の役に立っているので、まあよかったかなとは思う。

それでも「いまさら教室に通うのは面倒くさい」「時間とお金がもったいない」という気持ちは最後までぬぐえず、それが最後の教室通いとなった。

うっとうしい教えたがり屋

「教わる」のが苦手なくせに、「教えたがり」ではある。最近では、講演とか大学で講義をすることも多いのだが、それは苦にならないのだ。

テレビやラジオにも出ているが、誰が視聴しているのかよくわからないし、そもそもあまりにも多くの人が視聴しているので実感が持ちにくい。

しかし、講演や講義は目の前に聴衆がいるので、「ここは受けた」「ここはすべった」というのがすぐわかって面白い。

同じ講演内容でも、聞き手によって会場の空気が全く変わるので、「ミュージシャンがライブを好きな理由がわかるな」と思う。

さらに、「この本が面白い」「この店がおいしい」「家電はこれがいい」「このグッズが使える」「旅行はここがいい」など、いろいろなものに一家言がありすぎるので、うっとうしいくらいに語ってしまう。

友人から「沖縄に行きたい」などとメールをもらおうものなら、勝手に1週間分くらいのプランを立てて送りつける。

そして旅から帰ってきて「どうだった?」と感想を聞いて、「あなたのおすすめの店には行けなくて、適当な店に入ったらやっぱりおいしくなくって」などと言われて、心底がっかりしてしまう。

教え
させろ!!

「引っ越すので、家電を買い換えます」などと言われても張り切って、あれこれ調べてしまう。時間があれば、家電量販店に同行すらする。

賃貸物件を借りるためやマンションを買うための不動産店めぐりに付き合ったことも何度もあるし、結婚した夫婦の保険内容を「この部分が多くて、ここが足りない」などとチェックしたりもする。

われながら、本当にうっとうしい。

人に教わりたがらないくせに、教えたがるというのは、「説教強盗」みたいなものかもしれない。

そんな私が一番困るのが、その道のプロである医者とか税理士とか弁護士に相談したときだ。どうも素直に聞けなくて、自分で独自に調べてしまう。むこうがプロなのは重々わかっているのだが、素直に相談することができないのだ。ダメなクライアントの典型である。

年をとってぼけたら、人の言うことを聞けなくて迷惑をかけそうなので、さすがに直そうと、自分に言い聞かせている。

中年女性とおばさん

「女子力」に見放された「女オンチ」の私は、「おばさん力」にも乏しいと思う。48歳で立派な中年女性ではあるのだが、「おばさん」としてはどうも力不足なのである。

「おばさん力」は「雑談力」

私の思う「おばさん力」、それは「雑談力」である。

テレビのコメンテーターを務め、大学で講義を持ち、各地で講演もする私だが、小さい頃から「他人と話すこと」「雑談をすること」が苦手である。

なにしろ子供の頃から、自分の家族や親戚にすら人見知りをしていた。自分の親ともうまくいっていなかったし、祖父母も叔父叔母もなんだか怖くて苦手だった。今でも、28年のつきあいである夫以外のすべての他人（親兄弟などの血縁関係者も）と、うまく付き合えていない。

じゃあどうしてテレビや講演で話せるのかといえば、それはもう「仕事だから」である。「人付き合いは苦手だけど、仕事ならば人前で話すことはできる」のだ。

仕事であれば知らない人とも話せるが、仕事でなければ知らない人どころか、知っている人と話すのも下手である。

だから友人と会うときには、絶対にネタを用意する。その人がSNSをやっていればチェックするし、あるいはその人の仕事や趣味について検索しておいたりして、「準備」してから会うのだ。

なぜならばネタを準備しないと、何か話さなければと、かえって失礼なことや余計なことを言ってしまうからである。

仕事柄パーティなどに行くことも多いが、そのパーティで会いそうな人用の話も一通り準備していく。

そのかわり、想定外の人に会ってしまうとあわててしまいおかしなことを言ってしまう。そのため最近ではそういう人を見かけたらいったんトイレに行って、その人用のネタをスマホで検索することすらある。

天気の話

思えば、会社員になって困惑したことは、「天気の話」であった。

「おはよう、いい天気ね」

「寒くなってきたね」

「そろそろ桜の季節だね」

こういったごく普通の雑談をしなければいけないことが、苦痛でならない。なぜわざわざ、わかりきっている天気や季節の話なんてしなければいけないのだろうか、と本当に悩んでいた（ここ数年は異常気象のせいで、天気の話が「わかりきったもの」ではなくなったので、だいぶできるようになった）。

会社の行き帰りに、同じ会社の人と出会ったりするのも苦手で、姿を見かけると道を変えたりしてしまったものだ（というか今もそうである）。

雑談が苦手なので、タクシーとか美容院とか、一対一になる場面も本当に苦手である。知らない人と長時間雑談をしなければならないと思うとつらいので、タクシーには基本的に一人で乗らないし、美容院もめったに行かなかった。

今は夫にバリカンで刈ってもらっているがこれが本当に気楽なので、脱毛症が治ってももう一生バリカンでいいと思っているくらいである。

人に聞けない

あるとき友人に「あなたって道に迷っても人に道を聞かないよね」と指摘されたときは、ぎくっとしてしまった。

方向音痴でありながら、「人に道を聞くくらいなら、迷った方がまし」だと思っているのである。最近はスマホの地図アプリのおかげでだいぶ楽になった。

さらに別の友人からも「それにお店で物探すときも、お店の人に聞かないし……」と言われる。これもまったくそのとおりで、「あの商品はどこですか？」となかなか聞けない。店内にいるのに、スマホでその店のサイトを検索するのもよくあることなので、スマホがなかったら、外出できないかもしれない。

そしてものすごく食いしん坊の私は、いろいろな店を見つけては訪れる。しかしここでも「常連扱い」されてしまうと、なんだか困ってしまうのだ。

食べログなどを読んでいて「何度も通っているのに顔を覚えてくれない」などと書いてあると、「いい店だな〜」とかえって好感を持ってしまうくらいである。

以前、あまりによく通っているために常連扱いされている店のカウンターで、隣に初めて訪れたらしきお客さんがいるのに、「これ、特別に」と小鉢を出されたときは、隣からじっと見られていたたまれなかった。おいしい店ではあったが、そんなことが続いてこの店から足が遠のいてしまったほどである。

好きな店だからこそ、「いつもありがとうございます」くらいの関係で、依怙《えこ》贔屓《ひいき》とかしてくれなくていいのである。

旅行も好きで、とくに沖縄、京都、台湾、マレーシア、スペインなどは何度も訪れている。しかし、現地で友人を作ろうとは思わない。「その人に会わなければいけない」と思うと、プレッシャーになってしまうからだ。

「沖縄の人は、感じがいいな」などと、人の印象がいい町を好きにはなるのだけれど、実際の人とのつきあいは薄いままにしておきたいのである。

エレベーターの相乗りができない

そんな私にとって、おばさんになれば、「知らない人とも話せる」「雑談ができる」ようになれる、とずいぶん楽しみにしていたのだ。

しかし、立派な中年女性になった今も、マンションのエレベーターで相乗りになりそうになればそのハコは避けてしまうし、1週間のうち半分くらいは外出も

ありがたや〜

せず、誰とも話さないこともよくある（夫は出張で不在なことも多い）。

仕事でもないのに「深澤さんに紹介したい人がいるから、お食事でも」と言われても、「そうですねえ、機会があれば〜」と逃げてしまう。

「そんな性格で、よく編集者になろうと思ったね」と言われるが、編集者にもいろいろなタイプがいて、「人に会うのが好きなタイプ」もいれば「文字を読むのが好きなタイプ」もいる。

もちろん両方兼ね備えていると、優秀な編集者になれるのだが、私は「人に会うのは苦手」だが、「文字を読むのはまったく苦にならない」タイプだったので、新聞や雑誌などではなくて、単行本の編集者を選んだのである。

ところが単行本は一人の著者とのつきあいが長くて、思ったよりも人間関係が重要であり、私はいろいろ失敗をしてしまったものだ。

それでも昔よりは「取り繕《つくろ》い方」はましにはなってきたので、なんとかおばあさんになるまでには「おばさん力」を身につけたいなあと思っているのである。

夫と仲良くする方法

「女オンチ」なうえ、「おばさん力」にも欠けている私は、人間関係が本当に下手である。

とはいえ本書にもたびたび出てくるように、夫のことはよく書くし話すので、「女オンチとか言ってるくせに、夫とのノロケ多いよね」と言われたりする。

まあたしかに夫とは仲がいいのだが、それには理由がある。

35歳の頃、公私ともにいろいろ大変なことが続き、「親兄弟とも不仲で、友達や仕事仲間ともなかなかうまくいかない人間オンチなんだから、せめて夫とは仲良くしよう」と、人間関係の照準を〝夫だけ〟に合わせたからなのである。

20歳でつきあい始めて、「夫を大事にしよう！」と思うまでに、15年ほどかかっているのだ。そこからさらに13年、やっと最近「夫との人間関係は、うまくいくようになってきたかな」と思えるようになってきたのだ。出会ってから実に28年がたっているのであるが、人間オンチにしてはそれでも上出来だと思っている。

それでも夫は他人

私にとって、夫と仲良くするために重要なことは「近くなりすぎない」ことである。

人間オンチな私は、一人の時間がないとだめである。幸い夫も同じタイプなので、私たちは、それぞれ自分の部屋を持っている。自分の部屋にはシングルベッドと机、本棚とクローゼットがあって、リビングで食事したりテレビを見る以外は、別々に過ごしている。

はじめて我が家を訪れた人は、「これってシェアハウス？」とびっくりするが、生活時間帯も違うので、このほうがよいのだ。

家事もやれるほうがするけど、二人とも忙しければ家はゴミためになってしまう。お互いに「しょうがないなあ」とあきれながらも、日々を過ごしているだけだ。

旅行に行くときもダブルはつらいので、ツインがいい。本当はシングルのコネクティングルーム（続き部屋）が理想だが、そんなホテルはないので仕方ない。

さらに「夫婦でなんでもかんでも話さない」ようにしている。

「夫婦の間に秘密はないほうがいい」と言う人もいるが、私には無理だ。

いやなことがあったり、悩みがあっても、すぐには話さない。自分の中で整理できない状態で話しても、相手をムダに心配させて巻き込んでしまい、結果自分がまたそれに巻き込まれて、疲れが倍増してしまうからだ。

それなりに結論が見えてから「こんなことがあったけど、私にもこういう問題があったから、こうしようと思う」という報告がてら話すようにしている。

だからといって私たちは会話が少ないわけではない。むしろよくしゃべる。

テーマは、ドラマやバラエティや映画の話、マンガや本の話、何を食べるか（家飯も外飯も）、どこに旅行に行くか、そういう「どうでもいい話」の相手として、夫は最適なのである。

ちなみにこれらの趣味は共有できているが、それ以外にもお互いに理解できない趣味があり、それはそれで尊重するようにしている。

思想信条なども違う部分はあるが、それも当たり前だと思っている。仕事の細かい内容や交友関係なども、お互いよく知らないことがある。でもその方が気楽である。

たとえ28年一緒にいても、夫が他人であることに変わりはなく、完全にわかり合う必要もないし、そんなことができるはずもないと思うからだ。

ましてや、「お互い高め合ったり」「尊敬し合ったり」「いつまでも恋人のような」夫婦などでは全くなく、夫の方がおばさんみたいだし、私の方がおじさんみたいな関係で、気が楽なのである。

「いつまでも男と女でいる夫婦」は、私たちにはギャグにしか思えないし、疲れてしまう。

友達の友達、は友達？

人間オンチゆえ、友達との関係も、ものすごく慎重である。

女友達であっても、男友達であっても、私にとって難しさは変わらない。大事な友人とはできるだけ二人で会うようにしている。その相手にだけ向けて店や話題の準備をしたいからだ。

数人で集まるときは、「ディープな店でモツを食べる」とか「旅の話をする」とか、楽しい話題を持って集まるようにする。仕事や家庭の愚痴だけで数時間費やすなんて、お互いが忙しい中わざわざ時間を作って集まっているのに、もったいないからだ。

さらに夫の友達とか、友達の友達とか、友達の夫（妻）ともほとんどつきあわない。人間オンチの私にとっては、あくまで友達の友達なので、自分の友達とは思えないのである。

そして大事な友達にこそ、やはりなんでもかんでも話したりはしない。思えば、今付き合っている友達は女であれ、男であれ、プライベートや仕事の悩みについて話すことはあまりない。

夫とも友人とも、マンガや本や食事や旅の話ができればいいのである。

私ほどでないにしても夫も友人も人間オンチなので、お互いのオンチを認め合い、あきらめ合いつつ、オンチなりに「大事な人と長くつきあっていく方法」をなんとか工夫しているのだ。

part

5

女オンチとカラダ

あこがれの「老眼」

アンチエイジングやら美魔女やらと言われる中で、女オンチの私はといえば静かに老化を迎える日々である。

子供の頃からあれこれと心身が弱く、そのまま大人になったので、「元気いっぱいの青春時代！」という経験はない。

それがさらに30歳を越えるあたりから「もともと疲れやすいのに、昔以上に疲れやすくなったな」と思うようになり、40歳を越えてからは、ただでさえ不具合が多い心身なのに、次々と新しい不具合が起こるようになっている。

30代。足、腕、肩

最初に来たのは、30代後半の足の靭帯《じんたい》損傷だった。歩いていて足が痛いなと思っていたら、整形外科で「足の靭帯を損傷していますね」と言われた。

「転んだりひねったりしていないんですけど」と言うと、「加齢によっても損傷しやすくなりますよ」と言われ、なるほどなあと思ったものだ。

しばらく安静にすることでよくなったが、太っていることもあり、その後も膝の痛みだの、足のトラブルはちょくちょく起こる。

さらに40代に入って、なんだか左の肩と腕が痛いなと感じてから数日後、左腕が上がらなくなってしまったのだ。

またも整形外科に行くと「いわゆる四十肩ですね」と診断された。四十肩とは肩周辺の関節が炎症を起こしている状態なのだが、その炎症が起こる原因はよくわかっていないそうだ。

電気治療を受け、湿布をもらい、腕を動かすと痛いため三角巾で腕を吊ることにした。利き腕でなかったただけまだましだったのだが、それでも腕が上がらないと本当に不便で、とくにかぶるタイプの洋服の着脱は面倒くさい。

しかも三角巾は目立つ。「ケガですか?」「いえ、四十肩です」「ああ(笑)」みたいな会話を何度もすることになる。

半年ほどで腕は上がるようになったが、今でも腕を上げるのは怖いのである。

40代。老眼、シミ、痔

40代後半で老眼もやってきた。

もともと強度の近視で、いわゆるビン底のような眼鏡か、度の強いコンタクトを使っていて、裸眼では室内も歩けないほどなのだが、とうとう近くの文字まで見えなくなってきた。

これが噂の老眼か……となんだかしみじみしてしまった。

実は子供の頃から、大人たちが新聞を読むために老眼鏡をかけたり外したりするのを、「なんだかかっこいい」と思っていて、うっすらあこがれていたからである。たぶん、ウルトラセブンの変身グッズ「ウルトラアイ」のようなものだと思っていたのだろう。

実際に老眼になってしまうと、小さい文字は読めないし、暗いところでは普通の文字すら読みにくくて、不便ではある。

とはいえ道具好きの私としては、いろいろな老眼鏡やルーペを用意して、部屋のあちこちに置いたり、持ち歩いて使うのはなんだか面白い。

スマホとかタブレットは文字の大きさが調整できるので、老眼の人にとって新聞を読んだり、読書をするのに向いているので便利である。

前述したように、同じ頃に脱毛症になり、さらに顔にはシミもやってきた。

日焼け止めを塗らないので、当然のように頬骨のあたりにシミが浮いてきたのだ。シミが浮いていてもノーメイクなわけだが、テレビ出演でメイクしてもらうときなどは、丁寧に隠してもらうので、「手間をかけて申し訳ない」と思ってはいるのである。

次にやってきたのが痔である。

もともと長い時間座っている仕事なので、いずれはなるかなと思ったが、ある日排便とともに痛みと鮮血があり、あわてて肛門科に行く。やはり加齢も痔の原因の一つだとか。

女性医師から「女性で、痔だと思った瞬間に医者に来る人は珍しいですよ。みなさん恥ずかしくて我慢してから来るので、症状が悪化しているんです」とほめられ(?)、すぐに診てもらった私の症状は軽く、薬で治せた。

最近は女性医師がいる肛門科も多いので、「あれ?」と思ったら受診をお勧めする。

さらに尿漏れである。

尿漏れパッドのCMはよく見るので、「それほど需要があるのだな」とは思っていたが、なるほど、くしゃみなどでちょっと漏れる。成人女性の3分の1は経験があるほどメジャーなことだそうだし、まあこれも加齢である、仕方ない。

生理の時に使う布ナプキンが、尿漏れにも便利なので、ちょっと体調が悪くて

理想
デュア!!
現実
小さくて読めない…。

尿漏れしそうな予感の日（だんだんわかってくるのである）にはそれで対処するようにしている。

ひどい尿漏れの場合は病院に行けば薬などもあるので、恥ずかしがらずに泌尿器科にかかったほうがいい。

更年期障害がやってきた!!

48歳になり、更年期障害も本格的になってきた。

それまで、生理周期は28～30日と規則的だったのに、20日で来たり、60日も来なかったり、量も多かったり、少なかったりと不規則になってきたのだ。これが1年くらい続くと閉経するというので、楽しみではある（閉経前の今は、次の生理がいつ来るかわからないのが不便ではある）。

とはいえ更年期障害は大変なことも多く、私の場合はとにかくめまいがひどかった。ベッドで寝返りを打つと、まるで嵐の中の船のようなめまいが襲ってくる。そして20代の頃からうつ病も抱えているのだがそれが更年期うつとして悪化、ひどいときは外に出られず、何かを見たり読んだり書くこともできなくなった。さらに体温の調節ができなくなったりと、典型的な症状がいくつもやってきた。

更年期障害は女性ホルモンが減ることにより起こるので、女性ホルモンを補充する方法もあるのだが、私のような大きな子宮筋腫があるとそれは難しい。医師とも相談して、漢方とプラセンタ注射（両方とも婦人科で保険が利く）をはじめたら数カ月でだいぶ楽になった。

多くの女性にとって更年期障害を認めることは、「女が終わった」ように思ってしまうことだそうだ。

しかし女というのは、遺伝子か戸籍か、自己認識が女であれば、それはもう女なのである。更年期で変わるわけではない。

更年期と認めたくないために、婦人科に来ることが遅れてしまう女性が多いという。しかしさっさと認めて治療をすれば楽になるので、「更年期か。またひとつ大人になったんだな」くらいの気持ちで、更年期障害とつきあった方が良さそうである。

こんな自分の心身について、『クラリネットをこわしちゃった』の「ドとレとミの音が〜、出な〜い」だなあとよく思うのである。

それでも「自分の老化」という経験を観察するのはなんだかおもしろいし、老化とつきあうためにあれこれ「工夫」するのも意外と楽しいものである。

ともかく自分の身体という「ありもの」で生きていくしかないので、だましだまし過ごしているのである。

もちろんダイエットオンチ

食べることが好きである。

思えば、子供の頃に両親からたった一つほめられていたのは、「真紀は何でもおいしそうに食べる」ということであった。

身体の弱い子供であったのに、体調を崩して食欲がなくなるという経験もなかった。むしろ病気になると、バナナや桃の缶詰やプリンやヨーグルトなど、普段あまり食べさせてもらえない物をもらえるので、楽しみで仕方なかったほどである。

「何を食べようかな」

大人になっても相変わらず身体は弱いのだが、20代で尿管結石で入院したときも、医師に痛みとともに（尿管結石は本当に痛いのだ）、「病院の食事が少ないです！」と空腹を訴え、「こんなに痛い病気なのに、おなかがすいたと言う人は初めてです」と驚かれた。

病院の許可を得て夫に毎日食べ物を持ってきてもらい、退院時には太っていたくらいで「太る人も初めてです」と言われたくらいである。

病気だけではなく、仕事や人間関係のトラブルも多い方だと思うが、「食欲がわかない」と思ったことがほとんどない。

「こんな時だからこそ食べなくちゃ」と思って一生懸命食べてしまう。朝起きて思うことは、「今日は何を食べようかな」。というよりも一日中「今度はあれを食べたい」と考えている。

そして編集者として小説やエッセイや評論などを担当してきたのだが、私の食への執念にあきれた作家から、冗談半分で「あなたは食関係の編集者になった方がいい」とすすめられた。「たしかに食やレシピ本だけで本棚に3本分くらいあるもんな」と、食関係の編集者に転職していた時期もあるくらいである。この仕事はとても楽しかった。

163cm80kg超え

そんな私なので、中年になってからも「今ダイエット中なんです」と言って、食べ物を断ったことがない。

しかも生まれてこの方、文化系の趣味しかなく、運動部に入ったこともないので、やせていた時期もない。

身長は163cm。大学時代の体重は55kgくらいで、普通のデブだったが、食べることが好きだし運動は苦手だし、ファッションもずるずるした民族衣装みたいな格好だし、ダイエットをするという発想はなかった。

よく「女性に年齢を聞くのは失礼」と言われるし、ましてや「女性に体重を聞くなんて無礼」と思われがちだが、私は両方とも全然平気である。

就職すると生活が不規則になり、気がつくと20代後半で70kgの立派なデブになっていた。

当時はまだ会社員だったので、仕事にスーツを着ていくことも多かったのだがそのスーツが入らなくなったわけである。スーツを買い換える経済的な余裕がないために、気乗りしないものの生まれて初めてダイエットをすることにした。やり方はごく普通に食事制限と運動。よく食べるといっても、酒も飲めず、揚げ物や甘い物も大好きというわけでもなく、魚や野菜や地味な食材が好きでまめに自炊をしていたので、わりとすんなりすすみ（人からの食べ物の誘いは断らなかった）、60㎏に落ちてスーツも着られるようになった。

ところがそこから子宮筋腫など婦人科系の病気を患ってしまい、ホルモン治療を行ったところ、一気に体重が増えてしまって、30代後半には80㎏以上まで増えてしまった（ホルモン治療と体重増減は関係ないという説もある）。

163㎝80㎏超の巨大デブ時代は、なかなか面白い経験であった。

まず鏡で見る自分の裸が、弱そうなプロレスラーか力士にしか見えない（筋肉がないので）。そして自分の身体が自由に動かせない。しかも股ずれもすごいので、下着のパンツはいつも五分丈をはかなければいけない。

さらに「デブには何を言ってもいい」という世間の冷たい扱いを受け、「デブってこんな風に生きてなくちゃいけないのか〜」と感心するほどであった。

それでも、その頃は公私ともにいろいろ大変な時期で、ダイエットにまで頭が回らなかった。洋服もネットで15号（XXL）や17号（XXXL）なども買えたのであまり困らなかった。

しかも学生時代からのつきあいの夫が、ブスもデブもオッケーという寛容というかマニア系であったので、一度も「ダイエットしろ」と言われず、「今の体型はなんかのキャラクターみたいだね」とのんきだったことも大きい。

けっきょくホルモン治療が合わないと思ってやめたところ、2年ほどで68kgまで体重が落ち、周囲に「ダイエットがんばったね」とほめられたのだが、「いやホルモン治療をやめただけだし、やせたといっても163cmで68kgですから」と正直に申告して、がっかりされたりもした（事情を知らない人からはダイエット本の出版まで勧められたくらいである）。

「おいしく物を食べられる」ことが大事

そこから夫の糖質制限ダイエット（夫は私と違って元体育会系だったこともあり、自分の理想の体型がある）につきあったりして、40代前半に58kgまで落ちたこともあったが、そこからまた数年で68kgに戻った。

この経験から、中年になってからリバウンドするくらいなら、へたにダイエットするよりも現状維持をめざした方がいいなと思うようになった（よく言われることだが、ダイエットでは筋肉が落ちて、リバウンドでは脂肪が増えてしまいがちだそうなので）。

今の私の体重の目標は、標準体型の上限と言われるBMI25におさまり、通販の服のXLが着られればいいというものである。

163㎝のBMI25は66kg。今は68kgでプラス2kgなので、ちょっと散歩でも増やそうかなと思っている。

ものすごく低い目標だが、健康診断もしていて数値にあまり問題もないし、散歩くらいの運動はするようになったし、通販の服が着られたら困らないし、なにより、私としては「おいしく物を食べられる」ことが何より大事なので、なんとかそれが維持できればいいのである。

＊

さて、このコラムを書いたのは2年前なのだが、更年期障害になったこともあり、そこからまた73kgまで太ってしまった。今となっては66kgは難しい目標なので、70kgをめざそうかな～、いやもう一度80kgに戻らなければいいかな～、通販の服のサイズはXXLもあるし、とぬるいことを考えているのである。

デブに優しい女友達？

体重が80kg以上あった当時、しみじみと感動したことがある。

学生時代の体重は55kgだったから25kg以上太って、要するに1・5倍になっているので、久々に会う友人には私のことがすぐにはわからないだろうと思い、事前に「すごく太って私のことがわからないと思うから、私から声をかけるね」とメールをしていた。

そんな中、10年ぶりに会ったのに、私のことを「ぜんぜん変わらないね」と言う女友達がいたのだ。

「いやいや、25kg太ったからね」「そんなの全然わからないよ」と頑として言い張る。

もちろんそんなはずはないのである。しかし彼女は最後まで「あなたはちっとも変わらない」と主張し続けた。

じゅるり

もちろん女同士のルールとして、久々に会ったときに「変わらない」「太ったように見えない」という社交辞令があるのは、女オンチの私でももちろんよくわかっている（私には高度すぎて、とても使えない技であるが）。でも25kgも太ったときには、そのルールはさすがに有効ではないと思っていたのだ。

彼女ほどではないにしろ、多くの女友達は「そんなに太ったように見えないよ」とか「女の人はこのくらい体重があってもいいよね」などと慰めてくれるので、「気を遣わせてしまって申し訳ない」とこちらも気疲れしてしまうほどであった。

ここまで太った相手なら、「変わらないね」というのは無理があるので、「お互いこの年までいろいろ大変だったものね」「健康に気をつけていこうね」とエールを送るくらいでいいと思うのだが、そうもいかないのだろうか。

女同士のほめ合いは難しい

「女同士のほめ合い」というルールは、女オンチの私の最も苦手とすることである。数人の女性同士で会ったときに、私以外の女性が「全然変わらないね」「あなたっていつまでもきれい」というほめ合いを始めると、ポツンとしてしまうのだ。

心にもないことも言えないし、かといって思った通りに「いや、みんな年相応なんじゃない」と言うのもはばかられるので、メニューなどをじっと読むのである。

私が最近とても疲れるのは、「あなたもテレビに出るようになって、きれいになったね」と言われることである。

脱毛症のためにかつらをかぶっているし（かつらは毛量も多いし、色もきれいなので、かなりイメージが変わるのだ）、メイクはプロにお願いしているし、衣装も私服より派手にしているので、ふだんの帽子、ノーメイク、適当な服の私よりはなんぼかましではあるだろう。

なので「うん、かつらだし、プロのメイクだし、衣装も派手にしてるし、スタジオは照明が強いしね」と言うと、「そうじゃなくて内面からきれいになってるよね」とさらに追い打ちをかけられてしまうのである。なぜそこまで言い張らなければならないのか。

テレビや座談会などでは、毒舌の女同士でお互いをけなし合うという仕事もあるが、これなら私の得意分野のように思うのだが、実はこれも難しかったりするのだ。

私はそういうときに「ここは無礼講なのだな」と勘違いして思ったことを言ってしまうのだが、どうもこういう毒舌会にはそれはそれでルールがあるようで、ちょいちょい高度なほめ技術が投入される。

単純にほめ合うよりも、毒舌に見せかけてほめ合うわけである。そうすると私にはもう太刀打ちできないのだ。

淡々とした理想的な関係

友人でもある芥川賞作家の津村記久子さんと『ダメをみがく――〝女子〟の呪いを解く方法』（紀伊國屋書店）という、タイトル通りの対談集を出しているのだが、それを読んだ人から「深澤さんは全然ダメじゃないですよ」と言われ、この、女オンチをウェブ連載しているときも「ほんとは女オンチじゃないですね」と言われることもあった。

しかしそこは「ダメですね」「女オンチですね」と言われる方がうれしいのだ。私には、自分を「ダメ」とか「オンチ」と落としておいてほめてもらおうなんていう、高度な技術はない。

「ダメでオンチで笑いました」と言ってほしくて、書いているのだ！

「太ったね、おたがい健康に気をつけよう」「中年になるとそれなりに老けるけど、これはこれで面白いね」くらいの淡々とした関係がちょうどいいと思っている。

ブスだから女オンチ？

私はもともと編集者である。

編集者になる人の中には、「いずれは物書きになりたい」「表舞台に立ちたい」と思うタイプもいるのだが、私は「ずっと編集者がいい」と思っていたし、こうやってコラムを書いたり、メディアに出るようになった今でも「編集者の方がよかった」とよく思う。

その理由はいくつかあって、ひとつは編集者という仕事が面白いということ。自分の考えていることを書いたりしゃべったりするのは、私にはつまらないので、それよりも他人の考えていることを形にする方が面白い。

そして、もうひとつは「ブスが表舞台に立つと、いろいろ言われて面倒だ」ということである。本書を連載しているときの反応にも、「あれだけブスなんだから、そりゃ女オンチにもなるよな」というものがあって、自分でも「まあそうなのかもしれないな」とも思うのである。

ブスのたどる道にはいくつかあると思う。

(1) 自分がブスであると自虐したおす

(2) 最大限の努力でブス度を減らす

(3)「人間は中身が一番大事である」と思い込む

私はというと、「私ブスなので」と平気で言うが「ぜんぜんもてないんですよ」と自虐したおすことはしない。

かといってメイクもしないくらいだから、ブス度を減らす努力は面倒くさい。

そして「人間は中身が一番大事である」とも思わなくて、男にとっても女にとっても、外見も中身も大事だと思っている。

私の場合は、ブスだから性格がいいわけでもないし、かといってこの性格の悪さはブスだけのせいではない。

世間には性格のいいブスも美人もいるし、性格の悪いブスも美人もいる。そうであれば性格のいい美人が、一番もてるのは当たり前である。

私は性格の悪いブスではあるが、面白いブスでもあるので、マニアの一部から需要があるという感じである。まあこれでいいと思っている。

そしてブスであることは、私にとってひとつのコンプレックスではあるのだが、最大のコンプレックスというわけでもない。

私の一番の悩みでありコンプレックスは、家族との問題で、これは今も解決していない。

二番目の悩みは、仕事やプライベートの人間関係でもずいぶんトラブルを抱えていたことである。

三番目の悩みは、子供の頃から心身が弱くて、今でもあれこれ病気を抱えていて大変だということだ。

だから、私にとってブスという悩みは、その次くらいになってしまうのである。

私と同じような悩みを抱えていても、ブスが最大の悩みであるという女性も多いかもしれないが、そう思えないのが私の女オンチたるゆえんかもしれない。

ブスであることは知っていた

私は子供の頃から自分がブスであることをよく知っていた。なぜなら親も含めて周りの大人が折に触れ、私にそれを告げていたからである。

「真紀は絵が悪いんだから額縁をなんとかしないと」と、絵を顔に、額縁を髪型にたとえられたときには、「自分の娘にうまいことを言うなあ」とちょっと感心したくらいである。

鼻の形が悪いからと洗濯ばさみで挟《はさ》まれたり、目が悪くなると「眼鏡をかけたらこれ以上ブスになる」と本や漫画を禁止されたり、歯並びが悪いからと小学生で矯正をされたのに、「痛いから」と自分で矯正器具を外してしまいそれきりにしたり（そもそも歯医者が苦手で、ここ数年も歯が痛いのに「これは頭痛に違いない」と自分に嘘をつき続け、とうとう耐えきれず先日10年ぶりに歯医者に行ったら、案の定虫歯が3本できていた……。さすがにこれからは歯は大事にしようと思う）、あれこれされたものだ。

「自分がブスなのはわかってるけど、いろいろ面倒くさいことを言う親だな」と当時から思っていたので、すでに女オンチだったのだろう。

小学校でも「クラスの美人・ブスコンテスト」では鉄板でブスワースト3入りだったので、「かわいい子はいいな」と思ってはいたが、勉強ができたり、委員長をやったりと、それなりに目立つ存在だったので、ブスでいじめられるというほどでもなかった。

中学や高校も共学で、もちろん男子にはほとんどもてないが、そこそこ男友達も女友達もいて、部活やら委員会やらにいそしみ、またオタクな趣味に没頭したりと、彼氏がいなくてもそれなりに楽しい日々を過ごしていたのである。

大学に入ってからは「世の中には、ブスやデブでも平気なマニアな男子がいるな」ということに気づき、そんなこんなで大学時代に知り合った彼氏が、28年のつきあいの今の夫になるわけである。

「美人至上主義」の世界

私が自分のブスに苦しめられたのは、むしろ30代の頃であった。とある女性グループとかかわったのだが、そこは「美人至上主義」「モテ至上主義」の世界であった。若い時期にこういうグループに所属したことがなかった私は、本当にびっくりしてしまった。「深澤はこんなにブスでデブなんだから、女としてものすごいコンプレックスがあるに違いない」と思われ、「それを認めよ！」「もっと自虐せよ！」と責められるのである。

しかしそこまでは思っていないので、認めることはできない。嘘をついてまで彼女たちにあわせることはできず、私にできることはそのグループから逃げ出すことだけだった。

そして「ブスは全否定してよし!」という世間があることも、あらためて学んだわけである。

ブスにだっていろいろ意見がある

私の場合、何度も書いているように「草食男子」という言葉で世間に知られるようになった。

本当はほめ言葉だったのに、「ブスのババアが男に相手にされなくて作った言葉」とネットを中心に思われ、いまだにその誤解は解けてはいない。

私がブスなのは事実だが、若い男たたきの言葉ではないのだ。

さらにテレビに出ることになったときには、「そのままではまずいよ」と知り合いからプチ整形をすすめられたくらいである。

たしかに出てみると「ブスがテレビに出るな!」とネットでたたかれたりもす

るのだが、私はパソコン通信の時代から25年以上ネットをやっているので、ネットの悪口や炎上には耐性があった。

ネットで悪口を言う人って、酒を飲むと荒れるとか、車を運転すると乱暴になる人のように、ネットに向かうと暴言を吐いてしまうという一種の依存症なので、気にしても仕方ないのだ。

それに、ネットには面白い人も多い。自分の容貌を「水木しげるのキャラ」「ドラクエのドロヌーバ」「地獄のミサワ」などとたとえられると、悪口ではあるのだが、「的確だなぁ」と感心してしまったり、どれも好きな作品なのでちょっとうれしく思ったりする。

もちろん、顔を出すたびにブスと言われるのは今でも面倒くさい。しかし「ブスが表舞台に立つな」と言われたからといって、私がそれを受け入れたら、ほかのブスまで巻き添えにしてしまうことになる。そして私は面白いブスとして生きているが、ブスだから面白くなければならないというわけでもない。

ブスを代表しようとは思わないが、ブスだとやたらに自虐しすぎず、ブスをかくそうともせず、中身が大事とも開き直らず、せいぜい面白いブスとして生きていくだけなのである。

女の武器を使うこと

ブスでデブなうえに女オンチなので、「深澤さんって、女の武器を使う女が嫌いでしょ」と言われることがある。

しかし私は、女の武器を使う女性はまったく嫌いではない。自分には使う武器がぜんぜんないだけで、使える人は使えばいいとすら思っている。なぜなら今の社会でお金や権力を持っているのは男性がほとんどで、それを自分の物にするために「女の武器を使う」ことは、ぜんぜん悪くないと思っているからだ。

美貌だったり、家事能力だったり、「気が利くこと」だったり、「男の要求を聞くこと」も、すべて本人の能力である。それは「頭がよい」とか「運動神経がある」などと同じような能力であり、それを活用していけないというのは理不尽だと思うからだ。

それ以外の武器もあった方がいい

ただ、問題がないわけではない。

それは女性が、「女の武器を使うことが一番楽」で、「女が成功するには、女の武器を使うのが手っ取り早い」と思わされてしまうことだ。女性の人生の選択肢が少ないということは、問題だと思う。

男性はイケメンであったとしても、「男の武器」を使わないでほかの方法を使って成功する選択肢が多い。

しかし女性は美人に生まれたら、これを使わないと損であると思わされるので、きれいな女性が普通の仕事をやっていると、私たちは「どうして女優やモデルにならないの」と聞いてしまう。

「きれいな女性なのにその美貌を生かさないのはもったいない」と思ってしまうわけだが、イケメン男性に対しては必ずしもそうは思わない。むしろ男なら、自分の美貌に頼るなと思うこともある。

つまり「女の武器を使って男の機嫌をとること」が問題なのではなく、女性にとってそれが成功への手っ取り早い選択肢だということが問題なのだ。

男性の中にも女性の機嫌をとるのが上手な人はいて、時にはジゴロとか、ヒモとか呼ばれるわけだが、それは他の男性からは、「うまくやりやがって」とねたまれるよりは、「男のくせにみっともない」と見られてしまう。

しかし女の武器を使う女に対して、多くの女性は「男はすぐにこういう女にだまされる」「なんだかくやしい」という気持ちになってしまう。

でも、「女の武器を使う」ことはとても大変なことだと思うし、そもそも「女の武器を使う方法」を決めるのが権力のある男の側だというのも、とてもしんどいことだと思うのだ。

だから女であること、美貌や女子力を武器にすることは悪いことではない。

しかしそれ以外に、「男性から評価されなくても成功できる武器」も持っているに越したことはないと思う。

男性を利用しなくても、お金や権力に直接アクセスする方法を持っていないと、いつまでもそういう男の顔色を見ながら生きていかなくてはならないし、疲れてしまうからだ。

女の敵は女？ 同じ女として？

そして、女がよく言われるさまざまな呪いの言葉も気にしない方がいい。

たとえば「女の敵は女」。男女問わずこう思っている人が多いが、女同士が敵になってしまうのは、女にとって「仕事であれ、恋愛であれ、権力のある男に選ばれるかどうか」が重要になってしまうからだ。

つまり「女の敵は女」だと思わせているのは、「女を選ぶ立場の男たち」なので、女自身までもがそう思ってしまっては苦しくなるだけだ。

だからといって、「女同士だからわかり合おう、共感し合おう」と思いすぎるのも、疲れてしまう。

なぜなら女だっていろいろな存在がいる。女だから、妻だから、母だから、仕事をしているから、というだけでわかり合えるわけもない。女として、同じ痛みや苦しみを分かち合えるわけでもない。痛みや苦しみはそれぞれ別のものだからだ。

私は「同じ女として」という言葉は使わないようにしているし、同じ女じゃなくて、いろいろな女がいたほうがよほどいいと思う。

そしてわかり合えなくても「ああいう女がいると面白いなあ」と、お互いの生き方を尊重し合うくらいでいいと思うのだ。

女たちを「同じ女」に閉じ込めておきたいのも、そのほうが権力のある男たちにとって楽だからである。

「俺たちに選ばれるために争う、馬鹿でかわいい女」と思いたいからだが、そんなふうに女を馬鹿にしてしまうことは、男たちの生き方も単調にしてしまって、けっきょく彼ら自身をも苦しめてしまうと思う。

私が名付けた草食男子も、何度も書いているようにそういった従来の男たちに疑問を持ち、「女性に対してがつがつせず、対等につきあえる男性」という意味のほめ言葉として名付けたのが、旧来の価値観にこだわる男にも女にも評判の悪い存在になってしまった。

しかし草食男子を否定することは、実は自分の生き方も狭くして苦しくしてしまうだけなのだ。

「女の武器を女に使う」女もでてきた

最近の面白い傾向としては、「女の武器を、女に対して使う女」も増えてきたことだ。

女性誌のモデルなどもそうだろう。彼女たちは下手をしたら、「男受け」が悪かったりするが、その生き方も含めて、女性のために商品化されているわけであ

女
大変だよね…。

る。

こういう生き方の女性はこれからも増えていくだろう。

「男相手に機嫌をとるのも大変そうだなあ」「その能力がない私はなんとかそれ以外の道も探そう」と思うくらいでいいのである。

女オンチの私も、何とかそれで生き延びているのだ。

おわりに 女オンチが伝えたかったこと

本書は『日経ウーマンオンライン』というサイトに毎週連載していたものなので、連載中はいろいろな反応があった。

「共感します」と言ってくれる人が意外と多いことにもびっくりしたが、やはり「女をサボっているだけでしょ！」と怒られることも多い。

さらに、「開き直って楽をしたいのでは？」「けっきょく女が嫌いなのでは？」「女オンチ自慢ですか？」と言われたりもするので、そのあたりを〝弁解〟したい。

ディープスポット案内人

たとえば、誕生日などの祝い事が苦手ではあるが、だからといって相手のことを考えていないわけではない。夫や大事な友人の場合は、それ以外の形でもてなしたいとは思っている。

たとえば私たち夫婦はとにかく旅行が好きなのだが、私は元々段取りを考えるのが得意だし好きなタイプなので、旅行のプランもあれこれ考えて夫にプレゼンする。

友人の場合は、私の得意なディープスポットに連れて行ってガイドすることも多い。

高田馬場ミャンマータウン、新大久保ムスリムタウン（コリアンタウンだけでないのだ！）、池袋チャイナタウン、五反田南米タウン、上野コリアンタウン、西葛西インディアタウン、立石昭和ダウンタウンなど、私と回るショートトリップは、興味がある人にはなかなかおもしろいと思う。

都内だけではなく地方や海外にも詳しいので、友人がそこへ出かける場合はおすすめスポットのリストを作って渡したりもする。

旅行に行ったときも、ばらまき土産はわざわざ買わないが、「あの人、これ好きそうだな」と思ったものがあれば買って帰る。

要するに、「誕生日を必ず祝う」「お土産は必ず買う」というのは苦手だし、恒例行事にしてしまうとやめるタイミングがわからなくなるので、自分の得意分野で挽回したり、相手に合わせて考えたりするようにしているわけである。

まあそれでもやりすぎて「ここディープすぎて怖い……」とひかれたり、「これをなぜ私にくれるの？」と不思議がられたりするので、得意分野のはずなのにどこかずれているのは、女オンチならではかもしれない。

少しは改善する

ブスだの脱毛症だの生理の失敗だのというあまりの内容に「なんのためにここ

まで書くんですか」と、よく真顔で聞かれた。

自分の女オンチぶりを書いて、読者に笑われたり、あきれられたりしてもらえればいいなと思ってはじめた連載ではあったが、書いているうちに自分で自分にうんざりしてしまうこともしばしばだった。

このままでいいと開き直っているわけでもないので、連載中に少しばかり改善した部分もあるのだ。

今でもノーメイクで仕事に行くのだが、どうしても自分でメイクしなければいけないときが月に1回くらいはある。

しかしメイクが下手だし、持っているメイク道具も、ファンデーション・アイブロウ・アイシャドウ・ルージュだけなので、できあがりがとにかくひどい。

あるとき私のメイク姿を見た夫から、「もしかしたら、チークを足したほうがいいのかもね」と言われたのだ。

これまでメイク下手な私がチークを使うと「おてもやん」になりそうで（わからなければ検索してください）使ったことがなかったのだが、ドラッグストアでチークを500円で購入。ネットで調べて頬骨にのせたら、たしかに以前よりはちょっとましになった。本人的には大進歩である。

シミについても、「シミとりレーザーは脱毛レーザーとちがって、安いし簡単だよ」とたくさんすすめられたので、それならいいかなと調べ始めている。

とはいえ、私は女にまつわる価値観があまり理解できていないし、共感力も低いということが本書を書く中であらためてよくわかったので、女オンチを克服できるとも、したいとも思わない。

それでもこんなふうに、小さいところで改善できるならしようとは思っているのだ。

女オンチと女マニア

そして「女オンチ」だけど「女嫌い」というわけではない。

「女オンチ」でありながら、「女マニア」でもあるので、女性作家・女性マンガ家・女優・女性アイドルなどが大好きだし、仕事だって女性とする方が好きだ。

たとえて言えば、「オンチだけど、カラオケで人が歌うのを聞くのは嫌いじゃない」タイプだ（実際は歌はオンチではないので、カラオケで歌うのも聞くのも好きなのだが）。

つまり「オンチでカラオケが嫌いな人」もいれば「オンチでカラオケが好きな人」もいるように、私は「女オンチだけど、女嫌いではない」のだ。

酒は飲めないが居酒屋に行くのは好きだし（下戸《げこ》なのに一人で居酒屋に行くこともあるくらい）、運動オンチだが高い身体能力を持った人の技術（シルク・ドゥ・ソレイユとかエクストリーム系の競技とか）を見るのは好きだ。それと同じようなことである。

オンチで苦手だからこそ、あこがれたり、好きだということは、よくあることだと思う。

そして、私の女オンチは正確に言えば「いまどきの日本女性オンチ」なのだと思う。

イマドキの女性の呪いは「昭和的な日本女性」であることと、「平成的な日本女性」であることの両方を求められていることが大きいと思う。つつしみがあってきちんとして、だけどさばさばもしていつまでもきれいなイマドキの女性たち。そんなふうに昭和な女性像は残しながらも、さらに平成の女性像も生きなければいけないようにみえる。

それによって女性の生き方は多様化したけど、「どれかを選べばいい」わけではなく、「全部を選ぶのが女子力」となってしまったと思う。

こんなに高度な女性は、いまどきの日本女性だけだとも思う。たとえば本書で書いた「生理のゴミを持って帰るかどうか」なんて、日本以外のほとんどの国では「持って帰る方がおかしい」と悩みの種にもならないだろう。

しかも、今の女性たちは「痛い女」と言われたくなかったり、「女をこじらせてしまった」と悩んだり、考えなければいけないことが多すぎる。

「痛い女」だろうが、「こじらせ女」だろうが、「ダメ女」だろうが、「相手をそうやって評価することで、自分の価値を守りたい人」がいるだけなので、そんな評価を気にしすぎることはないと思う。「女子力」だって「女子会」だって「美魔女」だって、「女らしさ」を追求しすぎた「マニアな女」でしかない。

そういう意味では、歴史好きな「歴女」、鉄道好きな「鉄子」と変わりがないのだ。

ただ彼女たちは「女好き」というマニアなのである。

１９８０年代は「女の時代」と言われていたのだが、それは「男から評価される女の時代」でもあった。それが２０００年代に「女子の時代」となり、女性同士がお互いに共感し、賞賛し、評価し合うようになった時代でもある。そのために、女性がマニア化していったのだ（拙著『日本の女は、100年たっても面白い。』でこれについて詳述している）。

実のところ、女オンチも女マニアも、変わり者の女という意味ではあまり変わらないと思っているのである。

DEEP
入口
ウキ
ウキ
ゾバッ…

機嫌のよいおじさんで変なおばさんになる

これからは、本書に書いたように「機嫌のよいおじさん」になれたらいいし、そしてもうひとつは、「変なおばさん」として、「ああこんな人もいるんだな」と思ってもらえればいいと思うのだ。

すてきな女性はたくさんいるので、彼女たちのようなポジティブなロールモデルだけではなくて、私みたいな反面教師的な存在だってちょっとはいてもいいと思う。

私ほどの女オンチになることはおすすめできないが（私も少しくらいは改善したいとは本当に思っている）、いまどきの日本女性にはいろいろなルールが多すぎるので、自分でできることや楽しいことだけを選べれば十分だ。

「ここは女オンチでもいいや」と思い切って開き直るのも、けっこう悪くないのだ。

対談

女オンチと男オンチ、かく語りき

＼男オンチ代表／

＼女オンチ代表／

古市憲寿×深澤真紀

構成：西山武志　写真提供：日経ウーマンオンライン

対談のお相手

社会学者

古市憲寿

ふるいちのりとし／1985年東京都生まれ。若者の生態を的確に描出し、クールに擁護した著書『絶望の国の幸福な若者たち』（講談社）などで注目される。日本学術振興会「育志賞」受賞。著書に日本社会の様々な「ズレ」について考察した『だから日本はズレている』（新潮新書）などがある。最新刊の『保育園義務教育化』（小学館）では、女性が置かれた理不尽な状況を描き、その解決策を示す。

なぜ古市憲寿を対談相手に選んだか

深澤（以下深）自分でもどうしてこんな本を出すのかよくわからないなか、古市くんに対談にお越しいただきました。いつもは古市って呼びすてにしてるんですけどね（笑）。

古市（以下古）一応、対談では気を遣うわけですね。存分に気を遣って下さい。

深　お約束はできかねますが。さて、今回「女オンチ」の連載を文庫オリジナルでまとめることになって、誰と対談しようと考えたんです。最初は女オンチの女性としようと思ったんだけど、みんな私よりはましだし、それに女同士だとどうしてもほめ合っちゃうでしょう。

古　たしかに、そういう対談はよく見ますね。

深　女オンチ同士がほめ合っても仕方ないし、どうしようかなと思ったときに、「はっ、素晴らしい人がいる。私は女オンチのナンバー1だけど、男オンチのナンバー1は古市くんだ！」と思い出して。

古　全然ほめてない！

深　ほめてないよ、もちろん（笑）。女オンチと男オンチが対談するのになんでほめなきゃいけないの？　この対談ではお互いにほめ合いません！

古　ほめ合わないいんだ（笑）。でも考えたら、世の中の対談の9割ってほめ合いですよね。

(深)今回の対談は残りの1割です。そもそも古市くんって、私のことめちゃめちゃバカにしてるじゃない(笑)。

(古)バカにしてないよー。

(深)いいの、いいの。この対談では、いつものようにバカにしてもらったほうがいいの。それで、古市くんに私の女オンチをバカにしてもらいつつ、私もあなたの男オンチをバカにしたい!

(古)そういう対談なんですね(笑)。

深澤さんよりはだいぶマシだと思います

(深)対談の前に原稿を送ってあなたに読んでもらったんだけど、昨日「深澤さんより僕はだいぶマシだと思います」という、大変失礼な宣戦布告のメールをいただいたわけですけれども、どうしてそういうふうに思われたのかしら(笑)。

古　だって女オンチの前に、この本って人間オンチの話じゃないですか。たとえば、この本の冒頭の誕生日プレゼントを交換する話とかひどいですよね。本当にひどい。（16ページ）

深　たしかにこの話は、私が女オンチについて書こうと思ったきっかけになった話で、若い女性編集者に雑談がてら話したら、「ひどいですね……」と絶句されてしまって。

古　そう、これはひどい。もう、ただひどい。ただ、深澤さんの友人の人間力に救われてますよね。プレゼントのレシートを手にお店へ戻り、一緒に交換してくれるって、すばらしい。

深　たしかにそうなんだけど、本当のことを言うと、私は悪かったことがわかってないと思う。

古　あー、今現在でも？

深　そう、今現在でも。だってアメリカ人は、プレゼント渡すときにレシートも一緒につけて、もらった人は気に入らないと交換するでしょ。それと同じじゃない？

古 なるほど、そう思ってるんだ。まあたしかに本当に悪いと思ってたら本にも書けないしね。人に言える段階で、ちょっと面白いでしょって、客観視できてるんだもんね。

深 うーん、客観視はできてないとは思うんだけど……。なんだろう？　古市くん、どうして私は、わざわざこんなこと書いてるんだと思う？（笑）

古 「なんでこんなこと書いちゃうんだろ」って言われても（笑）。でも、なんか全部「こんなこと言わなくてもいいのになー」ってことまで書いてて……ホント、なんなんだろこの本。

深 今日はそれを古市くんに聞きたいわけです。だってあなたも、テレビとかツイッターとかで言わないでいいことばっかり言って、炎上しまくってるわけじゃない。

古 自分ではあんまり自覚ないんですけどね。

深 読者の皆さんは「古市　炎上」で検索してください。あなたは30歳で若いからまだいいけど、私はもう48歳だし、守るべきものもいろいろあるわけです。それなのに、この本を出す意味が見いだせない（苦笑）。

古 でも深澤さん、自己顕示欲とかではまったくないでしょう？

深 自己顕示欲でこの本を出したら、ちょっと頭おかしい。

古 たしかに本当にそうなら、深澤さんと今すぐ距離をおきたくなる（笑）。

深 私はいつだって自分と距離をおきたいよ（笑）。自己顕示欲でもないし、かといって自虐なだけでもないと思うし、ホント自分の気持ちがよくわからない……。

だからアマゾンで予約販売の告知が出た日くらいが、ブルーのピークだろうね。「ああ、やっちまったな～私」って後悔するでしょう。あと知り合いには読まれたくない（苦笑）。

古 読まれたくないんだ（笑）。

なぜ自分のオンチをさらすのか

古 自分のオンチをさらすことで、世の女性を励ましたいって思ってるんですか？

深 うーん、「こんなオンチな私でもなんとか生きていけますよ」っていう感じなのかなあ。

以前、作家の津村記久子さんと『ダメをみがく』という対談集でお互いのダメっぷりを語り合ったら、読者から「ほんとにダメな人ですね〜」とバカにされて、ちょっとうれしかった（笑）。だから本を出したら、ネットの反応でこの本の意味がわかるんじゃない？

古 読者の反応で、本の価値がわかるってことですね。

深 そう、『ダメをみがく』のときも、「こういう反応なんだな」って読んでいく中で、本を出した意味がそれでわかったところがある。

古 読者の反応に励まされましたか？

深　「ダメでよかった」と言ってくれる人もいたし、一方では「ダメすぎる」って怒っている人もいたし。でも本を出すときは、読者に怒られるのも大事なことだから。

古　だって怒ってネットに書くって、すごい労力でしょ、それ。

深　怒られるのはあなたの得意技でしょ（笑）。

古　たしかに。アマゾンの評価平均2・5点とかだから……。しかも、きちんと読んだ上での悪口も意外と多い。

深　わざわざ読んでくれても、低評価なのか……。

尊敬されたがるよりも、バカにされるほうがマシ

古　深澤さんは自分がオンチだとわかっている。なのにこうやって本を出す。冷静に考えてみると、どういうことなんでしょうね。

深　女オンチの私が開催する〝ジャイアンのリサイタル〟みたいなものだっ

て思うんだけど、ジャイアン自身は自分がオンチだって知らないわけで。

古　でも深澤さんは、自分がオンチだってわかってるんでしょ？　わかってるのに、これを書くんだよね。ということは、ジャイアンよりもタチが悪いんじゃないですか。

深　「ダメでオンチなんだから、ちゃんとバカにされたほうがいい」と思ってるのかもしれない。

古　迷惑だけど、真摯《しんし》なジャイアンってことですかね。

深　映画版のジャイアンみたいなものなのかな（笑）。たとえば、あなたが私をよくバカにするでしょ。そういうときにちゃんとした48歳なら、「あんなにバカにするなら、もうあの子に会わないわ」って多分思うんだけど。

古　よくはバカにしてない！　たまに会うたびにバカにしてるだけです。

深　そうね、たまに会うたびに必ずバカにされてます（笑）。でも私はそれがなんだか面白くなっちゃう。だいたいあなたほどじゃなくても、私の周りにいる若者は、男女問わず私のことをバカにしがちで、教えてる学生ですらうっすら私のことバカにしてる（笑）。若者に対して、自分のバカにされるところを隠さない、というか隠せないんだと思う。

古 隠せないんだ？（笑）

深 人をバカにする古市くんだけど、一方ではおじさんやおばさんに説教されてあげて、彼らの説教したい欲を満たしてあげるという、えらいところもあるよね。

古 まあ、「話を聞きます」というポーズはとりますね。

深 私の場合は自分が若いときに、おじさんやおばさんからしょうもない「あなたはこうあるべき」とか「40になったら必ずわかる」みたいなよくわからない寝言を聞かされてきて。

古 寝言（笑）。

深 彼らは説教しながら尊敬されようとするから、それがもう本当にうっとうしかった。だから尊敬されたがるより、バカにされる中年の方がまだマシと思ってるのかもしれない。

古 尊敬されたがる中年は面倒くさいもんね。

古市は蛭子さん？

深 私の場合、「こうなりたい自分」っていうのはあまりないんだけど、「こうなりたくない自分」はすごくある。

古 というのは？

深 たとえば、あなたがまわりの大人からよく言われる「古市はこのままだと社会学者としてどうかと思う」とかいう説教には同調したくないし、そういうことを言う人にはなりたくない。

それよりも「古市って、社会学業界の蛭子能収だよね」って笑って、あなたから「そういう深澤さんだってひどいよね」って言われるほうがマシな気がしてる（笑）。

古 この前、実際に蛭子能収さんに会ったら、全然僕とは違いましたよ！

深　たしかに蛭子さんに失礼だった（笑）。

深澤さんにはなりたくない

古　でも、なんか深澤さんって、社会にモノを言う人の立ち位置としては間違っていない気はしてます。
深　お、ほめられた？
古　いや、社会にモノを言う人って、世間に受け入れられない部分が必要だし、深澤さんはそういう部分がたくさんある。誰も深澤さんになりたくない。そういう存在であるほど、社会に対して自由に発言できますよね。
深　あ、ほめられてなかった（笑）。
古　僕も深澤さんにはなりたくないです。
深　たしかに「なりたくない人」のほうがましだと思ってる。誰かから、目標にされたくないし、そもそも誰かを目標にすることもされることも、いいことだと思わない。

古　面倒くさいしね。

深　私は若いときには、まわりから「市川房枝《いちかわふさえ》や上野千鶴子《うえのちづこ》を目指せ」って言われたんだけど。

古　上野千鶴子さんになりたかったんですか？

深　彼女たちには影響は受けたけど、なりたいわけじゃない。そういう期待はありがた迷惑というか、それに応えようとするとつぶれちゃうと思ってた。
だから自分自身も若者の目標とされる人になろうとするのは、違うと思って。

古　でも尊敬されたがったり、目標とされたがる人は多い。

深　私は、「深澤さんは面白いけど、ああはなりたくない」っていう人のほうがいい。いると面白いけど、目標にはしたくない人。

古　たしかに、深澤さんにはなりたくないからなー。

深　2回言わなくてもいいじゃない（笑）。

突然、「本のタイトルを考えてほしい」と言われた

深　私がどうして古市憲寿を男オンチと思ったかにさかのぼると、私たちはあなたが最初の本を出す前に、私たちの師匠である上野千鶴子さんの会で出会ったんだよね。

古　2010年だから、ちょうど5年前だ。

深　あなたがすーっとやってきて、「深澤さんですよね、草食男子っていいネーミングですよね。僕もはじめての本を出すんです、こういう内容なのでタイトルを考えて下さいよ」っていきなり言われて。

古　言いましたね。

深　「なんだこいつ？」って思ったけど、私は上野さんには本当にお世話になっているから、「これがよく言われる『上の人にお世話になったものを若い人に返す』ってやつか」と思って、「うんいいよ」と。

そしたらさっそく翌日、「考えましたか?」というメールが来て、一生懸命考えて3案くらい出したら「悪くはないけど、イマイチですね。もう一声」みたいな返事が来て(笑)。

古 そうだっけ(笑)。

深 それなりにベテラン編集者ですよ、私も(笑)。でもまあ上野さんへの恩を返すつもりで、もう3案くらい出したのに今度も「ああ、こんな案ですか」みたいな返事が来て、プロとしてくやしいからさらにもう3案くらい出して、そこからパタッと連絡が来なくなったわけですよ。

古 そうだったかなー。

深 「あの青年から連絡が来ないけど、出版はなくなったのかな」と思っていたら新聞広告で本が出てるのを知り、もちろん私のタイトル案は採用されていなかったわけです(笑)。

古 ふふ。

深 それで私へは本を送ってくれないのに、私の会社でマネジメントしている文芸評論家の斎藤美奈子《さいとうみなこ》さんに、「古市といいます、あなたのファンです。ぜひ書評してください」って直筆の手紙を入れて送ってきた。私がマネジメントしてるって知らないから（笑）。

古 おかしいなあ、深澤さんにも献本しなかったかなー。

古市は「男の枕営業」？

深 してないよ！（笑） ただ、そのときにしみじみと思ったのは、古市くんが本を出すきっかけは上野千鶴子さんだし、東大社会学の本田由紀《ほんだゆき》さんに推薦文を書いてもらって、さらに私にタイトルを考えさせ、斎藤美奈子さんに書評を頼み、と使う相手がみんな女性で。

それで「男で中年女を使ってのしあがる人が、やっと出てきた」って感動したんです。

古 のしあがるって（笑）。

深 私たちの上の世代の女性は、「中年男を使わないと、のしあがれなかった」。それで私は、上野千鶴子さんとかに引っ張ってもらえた「中年女を使ってのしあがった若い女」の最初の世代なんです。

私は女オンチだし、中年男にごますって引っ張ってもらうのはとてもできなかったから、女性に引っ張ってもらえるのは本当にありがたかった。

古 たしかに中年男性へのごますりとか無理そうですね。

深 ところが、とうとう中年女に引っ張ってもらう男が現れたと感動して、私は「男の枕営業第一号」っていう称号を彼に授けたわけです。もちろんみんな実際の枕営業はされてないけど（笑）。

古 「精神的な枕営業」っていい概念ですよね。

深 ただパーティとかで、とつぜん「深澤さーん、この人も男の枕営業してる人ー」って若い男性を私に紹介してくれるのは、彼も私も気まずいから本当にやめてくれる？（笑）

古　いやー、「男の枕営業」って名言だなーと思って、その言葉を考えた人と会わせたいと思って（笑）。

深　いやだから、ちゃんと説明してから紹介してくれないと、急に「この人も男の枕営業」って言われて名刺交換したって、話が弾むわけないでしょ（笑）。

古　弾まなかったんだ（笑）。

深　まあとにかく、あなたは男オンチだから「中年女に頼るなんて男のメンツとして許せない」とはまったく思ってない。かといって意識して中年女を使おうとも思っていないし。

古　うん、使おうとは思ってない。

深　「だって近くにいるんだし、そこそこ力があるんだから、協力してくればいいじゃん」と思ってるんだよね（笑）。

古　いやいや、僕も協力しますよ、お互い様じゃないですか。

深　まあそれで、今回も対談をお願いしたわけですよ。

古市くんに会ったのは「草食男子」は名付けた後だったんだけど、草食男子ってつまり、「男のメンツ」を気にしない、ある意味で男オンチの人が出てきて、それはすごくいいなと思っていたわけです。それよりももっと先の次元にいるのが、古市くんかもしれない（笑）。

古　これ、ほめられてるんですかね。

深　だからこの対談ではほめないって言ってるでしょ！

男としてこうありたい？

深　古市くんって、「男としてこうありたい」とか思ったことある？

古　男としてこうありたいですか？　男としてこうありたい……はないかな。別に「女になりたい」とか「女装したい」っていうのも全然ないんだけど、逆に「男としてこうありたい」っていうのもそういえば、全然ない。

深　私も別に男になりたいわけじゃない。でも「女としてこうありたい」っていうのもないだけで。だからお互い男オンチ、女オンチなんだと思う。

古　たしかに「性別オンチ」っていうところでは同じかもしれないですね。あんまり「男とは」っていうことがわかんない。

深　そして、古市くんほどの男オンチは自分の周りにはいないでしょう？

古　いないかな。みんなたしかになんだかんだ言って、男へのこだわりはあるかもしれない。ただ年配の人よりも若い人のほうが、男オンチなところがあるとは思う。

深　だから、女オンチの私としては中年男はいろいろ面倒くさいけど、男オンチの若者とは付き合うのがずっと楽です。

古　しかも古市くんは、自分の男オンチにも苦しんでないよね。

深　深澤さんは自分の女オンチに苦しんできたんですか？

古　苦しんでるよ！　この本読めば苦しんでるってわかるでしょう？

深　この本に苦しんでる要素なんてあったかな？　なんだかんだ、いろんなことを楽しんで生きてんじゃないかなーって。

㊥ まあそういうふうに読んでいただければありがたいけど……。

脱毛症になったこと

古 だってたとえばこの「私がかつらをつける理由」（77ページ）とかも、本当はもっと悲しい話にもできたのに、なんか楽しそうだし（笑）。

深 まあたしかに、脱毛症になってハゲて、頭を丸刈りにしたことは、わりと楽でよかったかな（笑）。

古 それはなんなんですかね？　普通の人なら恥ずかしがることを、こうやって気軽に公開できちゃうっていうのは。

深 病気で髪が抜けただけだから、恥ずかしくはないと思ってる。あなたは、自分の見かけのことは気にするもんね。

古 深澤さんよりは気にしてると思います。

深 ダイエットにも気を遣ってるし。

古 太りたくないし、深澤さんみたいに10kg増えてボケーっとかしてないですよ。今サイズがL？　XL？

深 XL、服によってはXXLとか。だってそのサイズは売ってるから困らない。

（ここで、差し入れのお菓子が出てくる）

深 お、古市くんの主食のチョコが出てきたよ。

古 よく知ってますね。

深 本当にチョコしか食べないの？　野菜とか食べないの？

古 食べ、られる。食べられるけど、家では食べないかな、自炊しないから。

深 せいぜいダイエットのために、コンビニでサラダチキン買うくらいだもんね。

古 家でスプーンとか使うの面倒なんですよ。だからコンビニ行っても、カップアイスはあんまり買わないかな。

㊡ スプーン使わないっていうレベルか（笑）。あなたには「ちゃんとしよう」っていう欲望に欠けてるところがあるよなあ。

❸ああ。ちゃんとしようとはしてない……だから、省エネですよね。

㊡ 無駄なことがしたくないのかな。

❸したくない。だから、世間からみて「このくらいならいいかなー」っていうギリギリの線を維持して、できるだけ労力なく生きていたい。

㊡ 無駄な労力を省きたいのは、すごくよくわかる。だから私の場合は、女オンチなんだけど。女の掟を守ろうとしたら、無駄な労力ばっかりかかるし（笑）。

❸そう無駄な労力は使いたくない。

女性の容姿や性格よりも、資産が大事

㊡ 古市くんは今までもいろいろな発言で、世の中を驚かせてきたわけです

が（笑）。

古 そんなことないですよ！

深 『週刊朝日』の林真理子さんとの対談で、「結婚相手には高い収入というスペックを求める」って言ってたでしょう。

古 収入以外も求めます。社会的なスペックも高い方がいいでしょ？

深 「女性の容姿とか性格よりも、興味があるのは社会的なスペックだけだ」って言って、話題になった。

古 だって容姿は劣化するじゃないですか。

深 収入だって劣化するでしょ。

古 だから今冷静に考えてみると、収入というよりも、資産のほうが大事だなって。フローよりもストック。ピケティ風に言えば、「g」（経済成長率）よりも「r」（資本収益率）。

深 「r＞g」ね（笑）。じゃあ金持ちのお嬢様がいいってこと？

古 うんまあ、いいと思いますよ。

㊡ あなたがいくら男オンチとはいえ、こういうことはなかなかはっきりとは言えない（笑）。

古 だって「みんなそう思ってんじゃないの？」って思っちゃうから。

㊡ ストックが大事だと思ってる人は、男にも女にもたくさんいると思うけど、みんなではないと思う。

今までも、ストックとかスペックの高い女性としか付き合ってないの？

古 まあでも意外とそうかも。違う人もいるけど、基本的に〝持ってる〟人が好き（笑）。あとはでも、才能ある人も好きですよ。

㊡ 私は「男性が、女性のストックやスペックを求めること」はいいことだと思うんだけど、それは男性は言いにくいことだよね。

古 女性には結構いませんか？

㊡ 女性にはいる。ただ女性は「尊敬できる人がいい」とか言って、金だけが目当てじゃないってエクスキューズもするでしょ。でも、あなたは「性格とか容姿よりも、ストックです」と言い切ってる（笑）。

古　だってそうだから（笑）。

成功した女性はモテない？

深　私は、こういう古市くんみたいな人が増えたらいいなと思うんですよ。というのは、日本の女性はがんばってスペックやストックを持てるようになっても、男にはモテないって言われてきたわけです。

古　実際、高学歴の女性ほど結婚が難しいって話はよく聞きますよね。

深　日本はいまだにそういう社会です。だから、女性の成功をほめてくれて、好きになってくれる男性は増えたほうがいい。

古　成功している人は好きですよ。

深　それを言われれば、報われる女性もいると思う。

古　才能ある人、成功してる人は好きですよ。

深　ストックやスペックよりは、才能とか成功のほうが、言い方としてはいいかな。

古 あとは、自信がある人が好きかな。ていうか、気が付いたら僕の周りには自信のある人しかいないかも。自信のあるジャイアンばっかり。

深 「自信のあるジャイアンタイプの女性が好き」っていうのも、古市くんらしくていいよね。でも、あなたは若くして成功したんだから、それを自分にも分け与えてほしいと思う女性のほうが多いのかも。

古 ……自分が成功して得たものを、なんで誰かに分け与えなきゃいけないの？

深 その意見には私も賛成なんだけど、そういう意見を男性が明らかにすると、まだまだ驚かれるよね。

古 だから女性と一緒に投資して、倍々ゲームの勝ち分を分けるのはいいけど、自分のものを誰かに分け与えるっていう発想がない。

深 うんわかりますよ、こういう男オンチはもっと増えていいと思う。

セックスは面倒くさい

深　あなたは、セックスも義務制なんでしょう？

古　義務制って？

深　「そろそろやらないと怒られるからする」システム。

古　あー、ていうか面倒くさいなって思っちゃう。

深　私は「男性がセックスを面倒くさく思うこと」を、ちゃんと明言していいと思うんです。セックスなんてそんなに重要なことだと思わないし、セックスレスな男がいたほうがいいと思っている。
ただ社会的には「そんな男がいるはずはない」ってされて、草食男子も叩かれたわけです。

古　そんな男もけっこういると思いますけどね。

深　以前、『アラサーちゃん』の峰なゆかさんがあなたに「セックスが嫌いだって言ってても、本当はフェラチオされるのは好きなんでしょ？」って聞いたら、「いいえ、フェラチオも嫌いです」って答えて、びっくりされてたよね（笑）。

古 たしかに、『アラサーちゃん』のなかで勝手に使われてた。

深 男がみんなフェラチオを好きなわけでもない。そもそも江戸時代の春画にもフェラチオはあんまり描かれていなくて、日本ではポピュラーな行為ではなかったというし。

古 男と女ってみんな勝手に幻想抱きすぎだと思う。必要のない幻想を抱いて、けっきょく傷ついてる人とかいますよね。

そもそも、生殖に関することっていろいろ面倒くさいじゃないですか。面倒くさいから、あんまり興味持てない。

深 私もそれはわかるんだけど、以前、松本人志さんの『ワイドナショー』にあなたが出たときも「体液の交換がいやだ」って言って、YOUさんが引いたんだよね？

古 そう、すごく引いてた!!

(深) 人間は社会的な動物なんだから、そういう人が出てくるのはひとつの必然で、一種の進化かもしれないと本当に思う。みんなが古市くんになっても困るけど(笑)、こういう人がいることはいい。

(古) これだけセックスレスの夫婦が多いんだから、本当は一定数いるはずなんだけど。

(深) 女性はセックスや恋愛に積極的でなくても許されるけど、「男の性欲は本能だ」と思われていて、男性は未だに許されない。人間の性欲は本能じゃなくて、脳の問題なんだけどそう思われないことが多いから。

恋愛や結婚へのハードルが上がり続ける社会

(古) 僕はこれはこれで楽しいからいいんですよ。でも考えたら僕の周りは独身ばっかりで、子供もいない人ばっかり。これでいいんですかね?

深　恋愛・セックス・結婚・子供、これらに対するハードルが高すぎるから、「してもいいかな」っていう人さえ、できなくなってると思う。

古　どれもうっかりできない雰囲気がありますよね。

深　うっかりやってもいいと思うんですよ。

もっと適当でもいいし、「セックスは月イチくらいでいい」とか、「お互いにひとり分食べられるくらい稼げればいい」とか、「子供も預けながら育てればいい」とか、いろいろと価値観をゆるくしていかないとなかなかできない。

古　それはあるかもしれない。

深　私が女オンチになったのは、私だけが悪いんじゃなくて（笑）、社会の要求水準が上がっちゃったのも大きいと思う。

古　たしかに、何もかも基準が上がりすぎちゃってるよなあ。

深　私はその高度な要求に応えられないから女オンチに落ち着いたし、あなたもその要求に応えない男オンチなんだけど、多くの男性とか女性はその要求に応えられないことで、未婚化とか少子化のほうにいってしまった。

古 そんなにいろいろな要求には応えきれないよね。

深 しかも、古い価値観はそのままだからよけいに大変。私がいまだに言われるのが、「男は立てたほうがいい」ってこと（苦笑）。

古 ええー。深澤さんにそんなこと無理に決まってるじゃないですか。

深 そう、私には無理！　昔から「男を立てる」ことをしたことがない。なんでそんなことをしなくちゃいけないのかなって、本当に思っちゃう（笑）。

古 深澤さんに立ててほしいなんて思う男がいるのかな（笑）。

深 男が相手でも平気でバカにしちゃうから、ものすごく怒りを買ってきたわけですよ。「男を立てない」まま今日に至って、こんな感じになってしまった。

古 うん。それでも生きていけるってことが証明できて、よかったじゃないですか。

深 またバカにしてるね（笑）。まあ、「男にお酌しろ」とか言われても、できないから。

古 それはそれですごいですよね。ポリシー？　そこまでいくと。

深 ポリシーというか、「できないことはできない」っていうだけなのかも。あなただってできないことあるでしょ？

古 でも僕、いろいろ……できてると思うんだけど。

深 できてるかなあ。だってお酌とかしないでしょ？

古 しない。でも気付いたら入ってる（笑）。

深 だから私もあなたもポリシーでお酌しないわけじゃなくて、できないだけ。

古 気付いてもいないってことか。

今の世の中は最悪ではない

深 古市くんがネットやテレビで炎上するたびに思うのは、この人は「余計なことを言う楽観主義者」だなあということ。私にも同じようなところがあるけど、炎上することが面倒くさくて、なるべくそれを発言しないようにしてるんだけど（笑）。

古　そんなに余計なこと言ってるかな。

深　私たちは「今の世の中はそんなに悪くない」「今の若者はそんなに悪くない」ということをずっと言ってるでしょう。

古　だってそうだし。

深　そうなんだよね。「長い人類の歴史の中では、今はずいぶんマシな時代だ」と思っている楽観主義者だし、「なんでそれがわからないの？」と思うから古市くんはつい余計なことを言ってしまう（笑）。

古　余計なことなのかなあ。

深　たとえば、保守だろうとリベラルだろうと、「このままでは日本は終わりだ」って悲観したがる人が多すぎる。

古　そう、なんでみんなこの世の終わりみたいな顔をしたがるんだろう。歴史の教科書読めば一瞬でわかるけど、どう考えても、今より悪い時代ばっかりじゃないですか。

㊌「今自分が生きている時代が最悪だ」って思いたがるのは、「ドラマチック願望」の一種だから、そのほうが気持ちいいんでしょうね。だけど古市くんも私も、自分の人生と社会をドラマチックにしたいとは思っていない。

㊍思ってない、面倒くさいし。

㊌「今の日本は、戦後最悪である」っていうニュースは、子供の頃から聞き続けてる。そして老人になってもたぶん同じことを言われ続けるでしょう。

㊍まあ、いつの時代もどう切り取るかで、いい面も悪い面もあるわけだからね。

㊌もちろんその時代ごとに個別の問題はあるし、今の時代にもたくさんの問題はあるけど、「すべてを最悪」と言い切るのはおかしい。むしろ最悪だと思ってしまうことで、希望を失ってしまう若者だって多いから、逆効果だ

と思う。

古 そう。そんなにひどくない。少なくとも江戸時代とかよりはよっぽどマシでしょ。飢饉《ききん》の心配とかしなくていいし！

深 寿命むちゃくちゃ延びてるし！　私たちの「ドラマチック願望」が低いのも、オンチだからかもしれない。

古 オンチってことは、つまりイデオロギーからも自由ってこと？

深 イデオロギーから自由にはなれないでしょ。単純にイデオロギーに対してもオンチなのかも。

古 イデオロギーという楽譜が読めないから、上手に歌えないってことかな。うまいこと言い過ぎ？

深 そうかもしれない（笑）。だから、「深澤さん、どういうイデオロギーですか？」って言われたら、「クソ左翼のクソフェミニストのクソリベラルです」だって答えています。

古 「クソ」って言い過ぎ。

㊟ 左翼だってフェミニストだってリベラルだって、必要悪みたいなものでしょう。だからクソをつけて自戒しないと、危ないなと思ってる。

古 ああ、自戒なんですね。

深 古市くんもよく「あなたは左なのか右なのか」って、迫られてるよね（笑）。

古 あれなんなんですかねー。なんでみんな、あんなに踏絵のようになんかどっちかにしたがるんだろう。右か左かって、そんな簡単に分けられないでしょ。

深 以前古市くんに「深澤さんって、どこに所属してるかよくわからない」って言われたでしょう。

古 言ったかもしれない。

深 たしかに私も以前は「どこかに所属しよう」としてたけど、オンチだから所属すること自体や、そこでの地位が目的になってしまってけっきょくうまくいかなくなるから、今は所属しないようにしているかもしれない。

古 場所も作りたくないし、地位も作りたくない。それはそれで大変そうですけどね。

やりたくないことをやらない

深 「所属する」ってことは、守りたいものや隠したいことがあるっていう面もあるけど、私は今はもうそれもあまりないのかもしれない。

古 僕は深澤さんよりはあるかなー。秘密くらいはある。

深 あなたに秘密なんてある？

古 なんだろ……まあ些細《ささい》なことかな。

深 些細なことじゃん！（笑）

古 だって価値がある秘密ってことは、一定程度は世の中にありふれた秘密ってことでしょ。逆に、本当にごく個人的な秘密っていうのは、世の中に理解もされないから、隠す意味もあまりない。

深 ああ、それはそうだわ。

古 そもそも、秘密を守るとか面倒くさいしね。やっぱり省エネを追求した結果、こうなっちゃったのかな。

深 だから、「やりたいことをやってる」んじゃなくて、「やりたくないことをやらない」にかける労力は、私たちはすごいと思う。

古 そうそうそう！　やりたくないことはやんない。

深 苦手なものを克服できないのが、オンチなのかもしれない。でも克服するんじゃなくて、「できないことを認める」ことも悪くないと思う。

私がこの本を出すのも、「世の中をよくしたい」というよりは、「しんどい人の人生が少しはマシになればいいな」ということだと思う。

古 それができれば十分でしょ。

今面白い人にしか興味がない

古　「所属する」っていう話で言うと、僕は友達はけっこういるし、パーティとかも主催するの好き。ニンテンドーDSにトモダチコレクションってゲームがあるじゃないですか。3年に1回くらいリニューアルしてるのかな？　なんか、出るたびに友達変わってるんですよ。前のバージョンでいた友達はいなかったりする。

深　古市くんは友達とか人間関係は多くても、それを維持し続ける能力は弱いから。あなたは「今面白い人」にしか興味がない。

古　そうそう！　今面白い人！

深　恋愛に対してはそうではないのに、友情に対してはヤリ逃げのヤリチンだから（笑）。

古　「友情はヤリチン」、たしかに（笑）。今面白い人にしか興味ない。

深　私も人間関係を維持するのが下手だから、大学時代から付き合ってる夫と、ほんの数人の友人だけをメンテナンスするのがせいいっぱい。だから用もないのに「久しぶりに会おう」って言われると、「なんで？」って思ってしまう（苦笑）。

古 わかる、「久しぶり」は理由じゃないよね。同級生というだけで会う意味ないし、昔話しても何の生産性もないし。だからそのつど、新しい人と付き合っていけば、別にいいんじゃないんですか？

深 相手だってこちらへの興味を失うし、お互い様だしね。人間関係が変わっていくことを深く考えても仕方ない。

深澤さん、落ち込むときってあるんですか？

古 深澤さんって落ち込むときあるの？

深 落ち込むよ！

古 落ち込むんだ（笑）。自己嫌悪とか反省することは？

深 テレビやラジオでも、コメントし終わったとたんに反省してますよ。番組が終わった後もエゴサーチして「深澤の意見はここが足りない」とか書いてあったりすると、「やっぱりそうだよなあ」と反省するし。

古 へー、エゴサーチする?

深 もともと学生時代から30年近くパソコン使って、パソコン通信の時代からネットしてるから長いというのもあるし。

古 意外と年なんですよね。そりゃそうか。

深 48歳だからね(笑)。25年前に編集者になったんだけど、そのころは世間にはネットが広まっていなかったから、読者の反応が返ってくるのは、書店に並んでからしばらくして読者カードがポツポツ返ってくる感じで、なかなかすぐにわからなかった。

古 へえ、反応がすぐわからないってすごいな。

深 それが今はネットですぐわかることはありがたいと思う。ネットの意見は批判が多いのは事実だけど、一番ありがたいのは「的確にほめてくれる人」なんだけど、二番目にありがたいのは「的確に批判してくれる人」だなと思う。的外れにほめられてもうれしくない。

㊍ 的確な批判がうれしい？
㊚ 的確に批判されたらうれしくない？
㊍ うれしいっていうか……、「ああなるほどね」っていう批判もありますよね。
㊚ そう、批判されても「なるほど」って思える意見に会えるだけでも、ネットには意味があると思う。オンチだからこそ余計に、的確な批判が必要だと思ってるのかも。

この本売れるかな？

㊍ 深澤さんって本を出したときに、売れたいって思ってるの？　どういう気持ちでこの人は本出してるのかなあ、って毎回思ってる。この本だって売れるかなあ。
㊚ 失礼なご意見ありがとう（笑）。もともと、単行本の編集者だったこと

もあって、自分が著者だという気持ちがすごく少ないと思う。

古 編集者目線なんですね。

深 著者には「書きたいことがある人」が多いんだけど、私は基本的にスキマ産業だから、中年女という著者業界のなかで、「こういうこと書く人が少ないな」と思う分野を編集者として探して、著者の自分に書かせてる感じかな。

古 自分の中に編集者と著者の両方がいるってことですね。

深 しかも編集者のほうが大きい。私にだって恋愛の話もちょっとはありますよ？（笑）でもそれはもう女業界の多くの著者が書いているし、オンチな私の恋愛を読みたい人なんていないし。

古 たしかに深澤さんの恋愛話とかあんまり……。

深 そう、興味ないでしょ。

古 だったらこういう女オンチの話のほうがって思うわけ？

深 つまり著者として「言いたいことを言っている」というよりは、編集者として「他の人たちが言いたくないこと」を探してるのかも。

㊤ メンタルが弱いのに、なんでそんなことができちゃうの？

㊥ メンタルはたしかに弱いけど（笑）、編集者としては「女オンチの話にも、一定の需要はあるだろうな」ってわかるから書けるんじゃないかな。つまり、「著者としてのプライド」じゃなくて「編集者としてのプライド」で仕事してるから、書いたものを否定されても、ワンクッションがあってあんまり傷つかないんだと思う。

㊤「著者としてのプライド」がある人なんているんですか？　あ、ややこしい人は、意外といるかも。

㊥ 物を書く人は、プライドもあるし、繊細な人が多いよ。あなたは例外のほう（苦笑）。

㊤ ああ、たしかに「この本を出すために生きてきた」とか思ったことはない。こんだけ出版点数が多い国で、すべての本は程度の差こそあれ消耗品ですよね。

㊡ しかも私の場合、「前向きな気持ち」で「誰もやらないことをやるわ！」と思ってるわけじゃなくて、「後ろ向きな気持ち」で「こんなこと誰もやらないだろうな」って思ってるだけだから（苦笑）。

❶ 後ろ向き（笑）。前向きに「これしたい」とか思ったことないですか？「これをライフワークにしよう」とか。

㊡ ライフワーク……!?　古市くんは持ってるわけ？

❶ いや、あるわけないじゃないですか。でも深澤さんみたいに48年も生きてきたら普通は見つけられるんじゃないですか、ライフワークくらい。

㊡ また、バカにしたね（笑）。つかんでないよ！

嫌われていることに気がつかない

㊡ 私の場合、編集者にもなったし、若いときに仕事でそこそこうまくいっちゃったから、それ以上の野望はあんまり持たなかったっていうのもあるか

も。

古 でも、「劣化したアイドル」とか「劣化した元人気作家」っているじゃないですか。劣化してるのに、スポットを浴びたい人たちって多いですよね。それには、ならなかったわけでしょ？

深 まあ私の場合は、良いことがあるのと同じくらい悪いことが起こることが、若いときにイヤってほどわかったからかな（笑）。

古 へえ、悪いことが起こるんだ。

深 若いうちにちやほやされると、同じか、それ以上に叩かれるから。

古 それは女業界っていうのもあるのかなー。

深 いや、男業界のほうが嫉妬はすごいと思う。古市くんだって20代でまあまあ成功しちゃったから、すごく叩かれてるじゃない。っていうかあなた、あんまり気がついてないんでしょ（笑）。

古 僕って嫌われてるんですか？

深 男たちがどれほど古市憲寿のことを嫌っていることか（笑）。

古 全然知らなかった!!

深 それこそあなたが男オンチだからなんだけど。

古 なんか日本中から好かれてると思ってた。

深 いっつも炎上してるくせに（笑）。

古 炎上してるけど。あれも、好きのうちなのかなーと思って好意的に捉えてた。

深 古市くんは心底ジャイアンなんだよね（笑）。

古 えー、「心底ジャイアン」ってどういうこと？

深 みんなが本当に喜んで、自分のリサイタルに来てくれてると思ってるでしょう？

古 うん、思ってる。

深 私もジャイアンなんだけど、聞いてくれる人には申し訳なく思ってるからね！（笑）

古 でも聞きたい人もいるしね。オンチな歌が好きな人。

観察せずにはいられない

㊶ たしかにオンチマニアに向かって歌ってるのはある（笑）。あともうひとつ私の場合、ものすごく観察者気質だから、観察するだけで満足なんだけど、観察結果もちょっとは世間にお伝えしようかなと思ってる。

古 観察か。

㊶ 古市くんもそうじゃない。だから私たちはよくあれこれ人を観察しては、いろいろ批評し合ったりしてるんだけど（笑）。ただあなたは観察者ではなくて「発表したい人」だって思われてる。

古 あーそれはあるかも。

㊶ 私もそう思われてることもあるけど、私たちは「観察したい」という欲望が強くて、発表できなくてもいいから、観察していたい。

古 たしかに、観察のほうが好き。

深 でも、「観察してないのに発表する人」もいるでしょう。

古 僕たちの知人にもいますよね。

深 そういう人は「自分の中に語るべきものがある」んだろうなと思って。私は自分の中には「語るべき考え」があるとは思えない。

古 ああ、僕もあんまりない。自分の考えを信じない。

深 だから自分という存在は面白くないから、面白い人を観察するほうがいい。

プライベートや旅行も準備する

深 オンチな私でも仕事することによって、仕事の方法論をプライベートに応用できるようになったことはよかったと思う。

古 どういうこと？

深 どの店で会うか、どんな話をするか。つまり、古市くんとプライベートで会おうと、こうやって対談で会おうと、私の準備は同じくらいかかる。

古 すごい、プライベートでも準備するんだ！

深 人間オンチだから、せめて仕事の方法論をプライベートに活かしたほうが楽にできるなと気がついた（笑）。

古 この無益な対談で、やっと役立つ情報が出てきた！

深 これ、役に立つ話かな（笑）。

私は別に仕事が好きなわけじゃないんだけど、仕事の方が目的がわかりやすいでしょう。ひるがえってプライベートって、目的がよくわからない。

古 「目的なく会える関係を友人」と言ったりしますけど、たしかに冷静に考えるとそれがしんどい人も多いでしょうね。

深 だからプライベートでも、「あれを食べよう」とか「これを話そう」とか、テーマを決めて会うようにしてる。

雑誌で言うなら、この2時間の食事で見開き2ページくらいの記事が作れるように、っていう気持ちがいつもある。

古 心の中で雑誌を作るわけですね。

深 そう、編集者だから、このセリフは見出しになるなとか、プライベートでも考える。

古 僕も何の実もない会話とかあんまり好きじゃないし、付き合ってる友達も、結果的に仕事してる人ばっかり。

深 私も関係のない世界の人と会ったら、その人に取材しちゃう。だから仕事のおかげで、人間オンチを少しはフォローできるようになったのはありがたい。プライベートと仕事を分けて考えられる人は、人間関係の上級者なんだと思う。

古 フリーで働いてるってのもあると思いますけどね。

深 プライベートで旅行にもよく行くけど、「瀬戸内のディープタウンをめぐる旅」とか見開きを考えながら動いてる。

古 もういっそ仕事にすればいいのに。

㊰ いやそれは面倒くさいから、SNSですら発表とかはしないんだけど、心の中では雑誌の2ページができあがっている（笑）。とにかく、プライベートの食事だろうと、旅行だろうと準備しないと動けない。

㊧ 僕もこれまで目的ある旅行ばっかりしてたんですよ。海外に行くときは、たいていそれをエッセイとかにしてきたし。去年は「希望の跡地を巡る旅」と銘打って、西欧近代の出発点として重要なドイツのウェストファリアや、原発跡地を遊園地にしたワンダーランド・カルカーに取材旅行のように緻密なスケジュールを組んで回ってきました。でもそれじゃダメだと思って、今年は目的なしにギリシャのサントリーニ島に行ってきたんですよ。でも、本当にクソ暇で。

㊰ SNSで「退屈だー」って書きまくって、そのあとパリに移動して、「パリは最高だ」って書いてたね（笑）。

㊧ サントリーニ島のあとに首都のアテネに行って、それからパリへ行ったんですけど、やっぱり「パリ最高だなー」というのが結論。やっぱり大都市

が好き。やることあるし、友達いるし。本当に島とか行って何やってたんだろうって。

深 私は、島なら島で見開きを作れるくらい準備するから大丈夫（笑）。

古 準備好きですよね。

深 「準備しないで行くのが旅の上級者」って人は、きっと「自分は準備しなくても、いい旅ができる」って自分を信じられる人なんだろうね。

古 深澤さんは自分のことを信じてないんだ。

深 素の自分はあんまり信じてない。それよりは、「準備する私」のことはまだ信じられる。

古 ああ、準備したものは信じるけど、その場での自分の感性は信じない？

深 「ありのままの私」なんて信じない（笑）。

だから私はSNSは告知くらいでしか使わないんだけど、誰かがどこかに行った、とか書き込んだときだけは「あそこがいいよ」ってコメントする。

古 あ〜、それは何、親切心？

㊬ 違う、「私のこのすばらしいプランを聞け」という支配欲（笑）。

古 マジか（笑）、そこだけは自信があるからか。

㊬ 準備とかプランは、ほかのことに比べれば自信がある分野だから。

古 今度から旅行に行く時は、旅のプランだけは深澤さんに練ってもらおうかな。

㊬ あなたは私のプラン通りになんて動かないよ（笑）。

大変だけどなんだか面白い更年期

㊬ ともかく「素の私」よりは、「編集者の私」をまあまあ信じているのかも。たとえば「この本の対談は誰がいいだろう」って考えたときに「古市くんがいいだろう」っていう編集者としての感覚は信じてる。

古 まあ、そこそこのチョイスじゃないですか。年齢もいい具合に離れているし。どうですか、年齢とともに「編集者の私」は進化してきた？

深 進化した部分もあるけど、退化してきた部分もあるよ。

古 退化⁉

深 更年期もやってきて、記憶力も下がるし、思考のスピードも落ちる。

古 何歳くらいから？

深 個人差はあるけど、40代くらいから少しずつ落ちてくる。最初は気が付かないふりをするんだけど、読んだり書いたりのスピードが落ちたのは、老眼だけのせいにはできない。目だけじゃなくて、脳も落ちてることを認めざるを得なくなってくる。たとえば前だったら3時間で終わる仕事を、2割か3割増しで考えないと終わらない。

古 それは怖いなあ……。

深 ただ生産効率は下がるけど、よくなるところもあるよ。じっくり考えられるようになったり、我慢の時間が長くなるとか（笑）。

古 老化は怖くない？

(深) 老化は大変なこともたくさんあるけど、面白いこともいろいろあるから。

よく「経験したことがないことを経験したい」って言うけど、老眼だって更年期だって、経験したことがないから、そういう意味では面白い経験だと思う。

(古) どういうところが？

(深) たとえば今、更年期のめまいがひどいんだけど、寝返りを打つだけで、富士急ハイランドのＦＵＪＩＹＡＭＡに乗ってるくらいのめまいがくる（笑）。

(古) ＦＵＪＩＹＡＭＡは本当に怖い。

(深) それは面白くて「更年期ってたしかにいろいろと大変だけど、なんか面白いこともあるよ」って言ってるんだけど、同年代の女性はあんまり乗ってきてくれない（苦笑）。

(古) だって普通、そんなポジティブに考えられないでしょ。

深　ポジティブっていうか、なんか面白いんだよね。でもみんなあんなに「知らない経験」に貪欲《どんよく》だったのに、「更年期という経験」には冷たい（笑）。

古　どうして、更年期とか老化は経験したくないんだろう。

深　やっぱり、今の日本だと「30代くらいが一番いい」と思わされてる。

古　人生のピークがそこになっちゃってるよね。

深　でも今の日本人って、80年とか90年とか生きるわけだから、30代だと人生の3分の1地点でしかない。

古　生存率を考えたら、女性の二人にひとりは90歳まで生きる時代だもん。

深　だから48歳の私でも半分は越えたけど、3分の2地点にはまだぜんぜん行っていない。だとしたら「これからもなんか面白くなる」と思わないと、やってられないでしょう。

古　たしかにまだまだ先は長い。

深　もちろん20代や30代もそれなりによかったことはあるけど、若いためにつらかったこともたくさんある。だから老化にはつらいこともあるけど、よいこともあるだろうなと思うのに、同意をあんまり得られない。

古 「若い時が最高」って幻想は、間違いなくつらいはずなのにね。絶対に誰もが年を重ねていくものなんだから。

30歳になりたくなかった

深 でもあなただって、30歳になるときに「30になりたくない！」って言って大騒ぎしてたじゃないですか。

古 してた！

深 「30になったら終わる」ってうるさかったけど、あれはなんだったの？もちろん「若者代表」っていう、仕事での立場もあるだろうけど。

古 僕は基本、年は取りたくないですよ。若いほうがいろいろ楽じゃないですか。いろいろエクスキューズがある。「若いからいいよね」とか。

（深）更年期中年にも「更年期中年だから仕方ないよね」っていうエクスキューズがあるよ（笑）。

（古）まあ、たしかに。

（深）ずっと20代だったら飽きない？

（古）んー、20代が20年くらいあってもいいかな。

（深）そうか、20代がよかったんだね。

（古）まあ30代のことはまだわかんないけど……。

（深）私は今48歳だけど「明日60代になるか、20代になるか」って言われたら、60代になるほうがまだマシだなあ。

（古）へえ、若いときに戻りたくないんだ？

（深）若いときは、それはそれでがんばったから、もう十分（苦笑）。

（古）じゃあ、あんまり長生きしたいとかもない？

（深）子供のいない中年夫婦だし、あんまりない。夫より先に死ねればいいなと思うし。あとは死ぬ前に事務処理をする時間は欲しいけど。

古　事務処理？

深　パソコンデータの処理とか事務処理は大事だよ！　あなたは死ぬ前に何したい？

古　え？　パーティしたい!!

深　えー、死ぬ前にパーティなんかしたくない！

ジャイアンは友を呼ぶ

深　古市くんは、ほんとにパーティ開くの好きだよね。

古　呼ばれるより開いたほうが楽じゃん。全員自分の知り合いだし。

深　それは究極のジャイアンの発想だよね（笑）。「俺の知り合いだけ来い」ってことでしょ？

古　他人の開くパーティに呼ばれても、知らない人ばっかりだからつまんない。だったら自分でパーティ開いたほうが知ってる人ばっかりだから楽だし、自分の友達同士も紹介できるし。

㊚でも、さっきから言ってるけど、あなたの友達を「この人は男の枕営業です」って紹介されても、話は弾まないよ（笑）。パーティでのあなたを見ていると、ホストのくせにゲスト同士を雑に紹介していると思うんだけど。

古 たしかに雑（笑）。誰に対しても雑だから、誰かに気を遣おうとかあまり……。

深 私も人間オンチだから、いろいろ雑な人間関係はしてきちゃったからあなたのことばかり言えないけどね（笑）。

古 僕も意外に丁寧に扱う人いますよ。

深 たとえば？

古 うーんと……誰かな……。

深 出てこない（笑）。

古 たとえば、おじいちゃんはおじいちゃんで雑に扱われたほうが喜ぶし。

深 あなたは「じじい転がし」でもあるから（笑）。

古 僕が気を遣う人って誰かなあ。……あ、でもみんなにスタンプくらい送りますよ。

深 LINEのスタンプって、気を遣ってる証《あかし》なの？（笑）

古 ちゃんと「ありがとう」って気持ちを表すために、ありがとうってスタンプを送る。

友人の炎上が好き

深 そもそも、古市くんはさすがオンチだと思うけど、人間関係にたえず波風を立てようとするよね。

古 そんなことない（笑）。

深 たとえば、はじめて会う人なのに「この人、深澤さんのことテレビで見て嫌いなんですよ」ってあなたから紹介されたことがあるよ（笑）。

古 え、そうだっけ？

㊮ あなたにそう言われた人はびっくりしちゃって「そんなことないですよ」って言うんだけど、私は私で「私のこと好きな方がおかしいから、わかりますよ」って言って、余計に困って、古市くんと私のコンボ攻撃から逃げられなくて、気の毒だった。

㊋ 覚えてない（笑）。

㊮ あなたのそういう場面を何度か見てるから、波風を立てるのが好きなんだと思う。

㊋ 波風は、たしかに立てているかもしれない。

㊮ この前もYahoo!の戦後70周年へのコメントで、「あなたの幸せな時間はなんですか」っていう質問に「友達と会ってるとき」って答えた後に、「友達が炎上してるのを見るとき」って続いててびっくりした。もちろん、そんなことを書いてるのあなただけ（笑）。

㊋ よく見てますね（笑）。

㊮ 準備してから対談に来てるから（笑）。

パーティでも、今まさに炎上している人のそばにわざわざ行って「あれはどうなってるんですか」ってうれしそうに聞いてる（笑）。大好きだよね、炎上してる人。

古 そうだね、人が炎上してるとなんかうれしい（笑）。

深 もめてる人とか、事件とか好きだよね。

古 あと、噂話も好き。

深 私も若い頃は事件とか噂話は好きだったんだけど、今は面倒くさくなってきた。

古 それも老化？

深 そうね。それに早く知ることによって、「あの件は深澤が広めたにちがいない」とか言われるのが嫌だから、知らないままのほうが楽なことがある。3日早く知ったって、どうせいつか知るんだから同じだし。

古 えー、自信あるなー。

深 自信じゃなくて面倒くさいだけ。人間オンチの私は、今までさんざんそれでもめてきたからね。でもあなたはさっきのパーティで聞いたことを、次のパーティでもう広めてる（笑）。

古 噂話が楽しい年頃なんですよ。

ぜんぶ他人事《ひとごと》だった

古 でも、言ったらダメな人とか、ちゃんと線引きしてるつもりだけど。

深 いやできてないから（笑）。あなたが余計なことを言ったせいでもめたケースがいくつかあるじゃないですか。

古 あー、たしかにあるねえ。

深 だから、他人事だと思ってるんだろうね、すべて。

古 たしかにすべてが他人事だと思ってるなあ。

深 私も以前は他人事は面白いと思ってたけど、今はもう他人事だからこそ、あまり関わらないようにしてる。

古 僕は、他人事だから逆に面白いかなーって。他人事だから、どんなことでも首突っ込める。

深 それをはっきり言っちゃうのがすごい（笑）。でもたとえば、付き合ってる彼女から「もっと私のことを、他人事じゃなくてちゃんと考えて欲しい」という要求が出るでしょ。

古 たまに出るかなー。

深 そういうときはどう応えるの？

古 そういう人は結局どんどん遠くに行くから、僕の周りにはジャイアンだけが残る。ジャイアンだとこっちも気を遣わないし、向こうも気を遣わない。そういう楽さはあるかもしれない。

深 たしかに私も古市くんに多くを期待しないから、こういう気を遣わない対談ができるのかもしれない（笑）。

古 深澤さんは謙虚なジャイアンですよね。

深 さっきは真摯なジャイアンって言われて、今度は謙虚なジャイアン

（笑）。

私はあなたにこうなってほしいと期待しないから、この先がっかりすることもない。でも、人間関係って期待するからダメになってしまう。

古 たしかに、みんな他人に過剰に期待しちゃうから。

深 あなたは誰にも期待しないで、「なにか面白いもの見せてくれればいい」と思ってる。

古 ああたしかに、面白いものは見たい。

深 それで、自分にも期待してない。

古 うん、自分にも期待してない。

深 私も「自分に期待しないこと山の如し」だから（笑）。

古 なんだそれ（笑）。

深 そして周りに期待されても、お応えできない（笑）。

古 だって、これまでできなかったものを急に、明日からできるようになるわけないし。

深 それがオンチなんだろうね。

野望は、引っ越しすることくらい

深 古市くんはこれからしたいこととかあるの？

古 うーん、何がしたいんだろう。

深 面白い人を絶えず自分に供給してくれるシステムがあればいい？

古 たしかに面白い人がいて、お金があればいい。

深 お金だってそんなに必要じゃないでしょう。

古 まあ別に車とか買わないしね。野望があんまり……ないのかな。ちょっとはあると思うけど。

深 どんな野望があるの？

古 うーん、あ、引っ越しはしたい。

深 この流れで引っ越し？（笑）

古　今したいことってなにかなーって思ったら、引っ越しかな。

深　それ、野望じゃなくて、ToDoリストでしょ。「パソコン買い換え、引っ越し」みたいな。

古　他にないかな、思いつくこと……ないな（笑）。

性は文化で、本能じゃない

古　あ、でも、「こんな本を書きたいなー」っていうリストもある。

深　あなたの書く本は面白いとは思うんだけど、「世の中を良くしたい」というよりも、「面白いものを見聞したから書きたい」って感じの本だと思う。

古　たしかに興味持ったことと、たまたま社会のニーズが合致しているって感じで書いてる。

深　私は女っていうジェンダーで生まれてしまったから、少しは「今の世の中をましにしたい」とは思ってる。

古 女性には社会に埋め込まれた差別があるから。

深 だけど、私が男だったら古市くんよりひどいオンチだっただろうと思う(笑)。

古 たしかに同じオンチでも、男の方が楽かもしれないね。

深 いや、女オンチもつらいけど、本当は男オンチの方が大変だと思う。明治の文豪があれだけ自殺しているのは、明治維新で急に西洋とキリスト教の考える「男らしさ」がやってきて、その相克に苦しんだことも大きいでしょう。

古 「男らしさ」という病は、意外と克服するのが大変なのかもね。

深 バブルが崩壊したときも、仕事を失ってしまった男性がたくさん自殺しているし。だから、自分の思っている「男らしさ」を失ってしまうと、死につながってしまう部分もある。

古 全然わからない。でもたしかに男性のほうが生活満足度も低いし、自殺率も高い。

深　そうだよ、男は男で大変だと思う。でもあなたは自分のペニスにもこだわってなさそう。

古　んーでもそれは、子供とか作りたくなるかもしれないし。

深　精子はペニスにできるわけじゃないから。

古　ああ、それはたしかに。

深　でも多くの男性はペニスにこだわりがちだよね。

古　なんだろ、なんでそこまで体の一部にこだわるのかな。

深　「息子」って呼ぶくらいだからね。でも女はヴァギナのことを「娘」って言わない（笑）。

古　なんでそんなに大きい問題なんだろ。なにがあったんだろ。みんなそんなにトラウマを抱えてるってこと？

深　「性とはこうあるもの」って思い込んじゃうからでしょうね。

でも今の日本と江戸期の性も違うわけで、当時は巨乳なんてべつに価値がないしね。それに日本のＡＶはアジア人には人気だけど、アフリカ人に見せたら「気持ち悪い」って言われるそうだし。

古　へえ。

深　性って極めて文化的な問題だから、性を本能だと思い込むとしんどくなる。「今の日本の性文化になじめないだけなんだ」って思えれば、そんなにつらくないと思うんだけど。

古　文化は変えられるからね。実際、これまでも変わってきたし。

子宮はしゃべらない！

深　そう。だけど、セックスとか恋愛に関して文化だと思うことを嫌がる人がいる。「性は本能だ」と言うほうが、ドラマチックだしロマンチックだから。

古　「本能」と思う人は相手にも押し付ける。

深　たとえば「アスリートの筋肉に欲望を感じない女は女じゃない」とか言

う女性がいるわけですよ。でも少なくとも私は、筋肉は好きじゃない！

古 ここに来て、何のカミングアウトですか。

深 「あなたの文化的な性的欲望を、女全体の欲望として言わないでほしい」って思う。そういう人は、「この人の子供が欲しいと子宮が言った」とか言うの。いや、子宮はしゃべらないから（笑）。

古 ああ「子宮」ってメタファーが好きな人、多いですよね。

深 「その人の子供が欲しい」というのは、本能でもなく子宮でもなく、脳が思った自分の趣味でしかない。

古 たしかにいろんなことは趣味だよね。セックスにしてもなんにしても。

深 そして趣味であることはぜんぜん悪いことじゃないんだから、大事なのは趣味だと認めることなんです。

ダメなロールモデルになる

（深）とにかく、もしこの本を出す意味があるとしたら、みんなそれなりに、ちょっとずつ女オンチ・男オンチ・人間オンチなところがあるから、みんながそれを出し合えて、お互いに面白がれるといいなあと思って。

（古）本当に完璧な人なんてひとりもいなくて、結局はグラデーションだからね。そしていろいろなオンチが生きていける世の中のほうがいい。なぜならば、それは誰にとっても楽なはずだから。

（深）それにいろいろなオンチがいるほうが、社会って進歩するんですよ。オンチの感じている不便を改善することが世の中を良くするから。

ブラが面倒くさい女性のためのブラトップとかね。そういう意味でオンチがいることが社会の役にも立つ。

（古）後半になって、ようやく深澤さんがいいこと言い始めた。

（深）この対談を締めなくちゃいけないから（笑）。とにかくみんながおんなじように生きてたら、多様なサービスは生まれない。

古 そして、自分の中にオンチでないことが1個でもあれば、それに自信を持って生きていけばいい。

深 たしかに私も、仕事の面ではかろうじてオンチではないから、なんとか食べていけてる。古市くんも多分そう。

古 うん、まあなんとかやっていけてる。

深 だから私は女オンチだけど、逆に女を売りにしてる人は全然いいと思う。仕事オンチだけど、女を使うのが得意なら、それを使うのは当たり前のことだし。

古 自分にはできないことだしね。

深 ほんとにそう。でも、自分がやらないことをやっている人に対して怒る人もいるわけですよ。

古 人のことはほっとけばいいのに。

深 「人もほっとく」のは大事だよね。

吉　そう。自分のできることだけしていくっていうね。そうすればストレスもない。

深　とくにオンチの人はそれが大事だと思う。

吉　お互いにほうっておけば、みんながオンチでも生きていける。

深　だから、この本を読んで、「自分は深澤よりマシなオンチだ」と思ってもらっていいし、「ここまでオンチな人はイヤ」でもいいし。

吉　ただ、深澤さんほどオンチな人は……。

深　私もオンチがすばらしいなんて

思ってないわけです（笑）。私を見て「ああいう人でも生きていけるんだな」っていう、ロールモデルになれればいい。

古 それ、ロールモデルかな？（笑）

深 そして古市くんは、その若さで既にその域に達していらっしゃる。

古 それ、ぜんぜんほめてないでしょ！

深 もちろんほめてないよ。対談ってお互いどこかはほめるんだけど、最後までほめませんでしたね（笑）。

古 え、僕はだいぶほめられた気がしてましたけど、気のせい？ 【終】

祥伝社黄金文庫

女《おんな》オンチ。
女《おんな》なのに女《おんな》の掟《ルール》がわからない

平成28年2月20日　初版第1刷発行

著　者　深澤真紀《ふかさわまき》
発行者　辻 浩明
発行所　祥伝社《しょうでんしゃ》
〒101－8701
東京都千代田区神田神保町3－3
電話　03（3265）2084（編集部）
電話　03（3265）2081（販売部）
電話　03（3265）3622（業務部）
http://www.shodensha.co.jp/

印刷所　堀内印刷
製本所　ナショナル製本

　ISBN978-4-396-31684-6 C0195